Não há pássaros aqui

Victor Vidal

Não há pássaros aqui

todavia

I

O telefone tocou insistentemente até eu me convencer a atendê-lo. Num primeiro momento, não reconheci a voz de Célia do outro lado da linha. Fazia muito tempo desde a última vez que tínhamos nos visto ou nos falado e por pouco não desliguei o aparelho afirmando nunca ter ouvido aquele nome. "Sou a vizinha da sua mãe", disse a mulher, esganiçada, tentando não parecer magoada. Antes que eu conseguisse assimilar essa informação, ela deu início a um falatório apressado e confuso, atropelando as próprias palavras enquanto tentava explicar o motivo do telefonema. Aparentemente, minha mãe havia desaparecido.

"Não tenho certeza de quando aconteceu... ninguém a vê há uma semana", disse Célia. O ruído de fundo parecia vir de uma televisão, um programa de auditório com uma plateia barulhenta: palmas efusivas, risadas, gritos. "Então ela não está com você?"

"Não, ela não está comigo", respondi. Tive a impressão de que a minha voz vinha de um lugar muito distante, como ondas de rádio viajando grandes longitudes. Andrea e eu no mesmo ambiente? Isso só poderia ser uma piada de mau gosto. "Vocês levaram uma semana para notar seu sumiço?", perguntei.

"Nos últimos meses sua mãe se tornou uma pessoa... estranha", ela respondeu, cautelosa.

Silêncio. Respirei fundo algumas vezes antes de prosseguir. Uma dor intensa nas têmporas me impedia de raciocinar com clareza.

"Por favor, me explique exatamente o que aconteceu", pedi, pressionando com força o telefone contra o ouvido.

Como não era uma pessoa muito sociável, raramente saía de casa e nunca conversava com os vizinhos, ninguém sabia dizer ao certo quando minha mãe tinha sumido. Célia percebeu que algo poderia ter acontecido ao notar que a porta de entrada da casa estava aberta. Temendo que a mulher estivesse acidentada lá dentro, decidiu averiguar a situação. Para sua surpresa, encontrou o lugar imundo e revirado, mas sem sinais de Andrea.

"Como eu disse, sua mãe se tornou muito estranha nos últimos meses", disse Célia, o tom de voz diminuindo progressivamente. "Aconteceram alguns... *incidentes*."

"Que tipo de incidentes?"

"Andrea foi encontrada dormindo na rua algumas vezes. Quase sempre era vista vagando sem rumo por aí, aparentemente sem tomar banho. Quando alguém tentava se aproximar, normalmente agia com hostilidade, falando coisas sem sentido ou rindo descontrolada. Era óbvio para todo mundo que ela havia voltado a abusar do álcool. Eu tentava ajudar, achava muito triste o que estava acontecendo, mas também tenho os meus problemas. A situação piorou quando...", mas ela não concluiu a própria frase.

"Quando o quê?", eu vociferei para o telefone, o estômago dando um nó em si mesmo.

"Não posso dizer. Não me sinto confortável em falar sobre isso por telefone."

Respirei fundo mais uma vez.

"Alguém ligou para a polícia?"

"Sim, eu fiz isso", respondeu Célia, soando muito orgulhosa de si mesma. "Quando você pretende chegar? A polícia quer falar com você."

Não respondi. Não pretendia deixar meu apartamento para ir atrás de Andrea. Célia morava ao lado e não fazia ideia do que havia acontecido, que ajuda eu poderia oferecer? O que a polícia esperava obter de mim? Por algum motivo, comecei a pensar que Célia e aqueles incidentes faziam parte de um plano de Andrea para indiretamente me atingir. Onde quer que estivesse, imaginei minha mãe às gargalhadas.

"Consigo chegar em quarenta minutos", respondi, por fim.

"Ótimo. Assim poderemos conversar melhor."

Uma das cicatrizes em minha barriga queimou dolorosamente. De repente me vi tomada por uma fúria intensa. O tom de voz daquela mulher me desagradou, parecia sugerir uma intimidade entre nós que decididamente não existia. Desliguei o telefone sem agradecer ou me despedir.

2

O silêncio penetrou meu peito como uma faca gelada.

Deixei meu corpo tombar pesado sobre o sofá e permaneci alguns minutos sem me mover. O pulsar inquieto do meu coração ressoava estranhamente alto. As palavras de Célia flutuavam desordenadas dentro de mim, incapazes de encontrar um lugar seguro para repousar. *Sua mãe se tornou muito estranha nos últimos meses... aconteceram alguns incidentes... sua casa estava imunda e revirada...* Olhei para o celular em minhas mãos sem saber o que aquele objeto fazia ali. Aquela ligação tinha realmente acontecido? Não conseguia apagar dos meus pensamentos as imagens descritas por Célia: Andrea titubeante pelas ruas, gargalhadas incontroláveis por motivo nenhum, vizinhos encontrando-a dormindo na sarjeta. A dor que atravessava minhas têmporas parecia prestes a partir meu crânio ao meio.

Uma brisa suave empurrou para o alto as finas cortinas que cobriam as janelas da sala do meu apartamento. A iluminação ali dentro era incerta e um tanto atordoante. Sombras disformes se movimentavam no teto como insetos. Uma lembrança antiga se insinuou nos meus pensamentos. Um grito. Um golpe inesperado. Dor e calor se espalhando pelo meu rosto. Embora eu tivesse menos de dez anos na ocasião, não deixei escapar uma lágrima sequer, o que Andrea encarou como um desafio e um incentivo a esbofetear meu rosto novamente. Ao constatar que a violência física não surtia efeito, arrancou das minhas mãos a boneca que eu carregava para todos os lados e saiu marchando para fora da sala. Retornou com uma tesoura nas mãos. "Você destruiu algo que eu amava, e eu vou destruir algo que você ama", disse, as lágrimas correndo em profusão, as mãos trêmulas enquanto retalhava os cabelos dourados da boneca.

Quando terminou, atirou a boneca no chão e se trancou no próprio quarto. Encarei o rosto redondo de plástico por alguns instantes, incapaz de identificar com clareza os sentimentos que borbulhavam dentro de mim. Recolhi a boneca e os tufos de cabelo do chão e os levei até a lixeira. A violência de Andrea não me assustava, esse seu lado eu conhecia muito bem. Suas lágrimas, no entanto, provocavam um ruído estranho em nosso cotidiano.

Quando tirei do armário aquele vestido velho que Andrea guardava com tanto zelo, não era minha intenção destruí-lo, queria apenas descobrir que mistérios escondia. O que havia de tão especial em um pedaço de tecido desbotado? Por que ela nunca o usava? Frequentemente eu a encontrava diante do armário admirando aquela peça de roupa pendurada no cabide, o olhar distante e indecifrável. O tecido era tão velho e frágil que se rasgou enquanto eu o manuseava.

"A memória é como uma névoa", sussurrei para mim mesma. De longe, ela pode parecer inofensiva e rarefeita, mas tentar se desvencilhar dela não é tão fácil quanto se imagina.

Afastei as imagens do passado e deixei a sala em direção ao quarto. Com um gosto metálico tomando conta da boca e um zumbido irritante perfurando os ouvidos, peguei a primeira roupa que vi ao abrir o armário e vesti. Não lembrava a última vez que tomara banho ou escovara os dentes. Coloquei os sapatos enquanto me deslocava até a cozinha. Bebi grandes goles de água direto da torneira, mas não foi o suficiente para aplacar o gosto ruim. Sentimentos conflitantes lutavam dentro de mim. Não deveria ter prometido encontrar Célia, deveria ter mentido e inventado uma emergência qualquer. Não queria me envolver nos problemas de Andrea, achava que havia deixado isso claro ao me manter afastada nos últimos cinco anos. Por outro lado, não conseguia sufocar aquele desejo de deixar meu apartamento e vasculhar cada rua daquela cidade apenas pelo prazer de desdenhar de sua situação quando a encontrasse. Veja o que aconteceu com você. Bêbada. Imunda. Abandonada na rua como uma indigente.

Ao cruzar o corredor em direção à porta, passei diante de um espelho redondo que havia na parede e senti uma corrente elétrica atravessar meu corpo. Por alguns segundos, vi o reflexo de um rosto pálido e ressecado me encarar do outro lado. Aos trinta e dois anos, eu parecia muito mais velha do que era. Marcas de expressões acentuadas, manchas cobrindo a superfície da pele, olheiras fundas como duas moedas negras. Durante a infância e boa parte da adolescência, fui obcecada com a ideia de me tornar uma mulher bonita. Passava horas folheando as páginas de revistas com belas atrizes e modelos. Compreendi rapidamente que a beleza despertava amores e abria qualquer porta. Alimentei a fantasia de que em algum momento da minha vida os traços que formavam meu rosto se alinhariam de maneira harmônica e eu finalmente me tornaria uma mulher bela. Deitaria como uma pessoa e me levantaria como outra, como se estivesse dentro de um conto de fadas. Paixões, amizades, oportunidades, nada seria impossível.

Mas eu era como a boneca que terminou na lata de lixo: feia, deformada, estragada.

Com a bolsa pendurada no ombro, agarrei a maçaneta da porta. O metal frio me fez recuar. Eu não deixava aquele apartamento havia quatro semanas. Desde o dia em que fui demitida do meu último emprego, minha realidade se tornou um borrão difícil de distinguir. Noites insones, a programação tediosa da televisão projetando luzes brilhantes demais nas paredes, refeições congeladas preparadas no micro-ondas. Encerrada entre quatro paredes, o mundo me parecia um lugar distante e excessivamente perigoso. Retornar à realidade que existia do outro lado daquela porta parecia uma ideia assustadora. Exposta à luz do sol, qualquer olhar recebido despertava o terror do reconhecimento: por que aquela pessoa me encarava? Ela sabia quem eu era? Ela lembraria o que aconteceu anos atrás? Viu as reportagens transmitidas pela televisão? Leu nos jornais sobre minha mãe e eu?

Como quem se prepara para mergulhar em uma piscina de água gelada, prendi a respiração. Ao girar a maçaneta, ela rangeu triste.

A rua estava movimentada e barulhenta. Trânsito congestionado, dezenas de transeuntes empurrando uns aos outros, homens de uniforme e capacete manejando pesadas britadeiras abriam um buraco enorme na calçada. Atordoada, eu sentia o chão instável sob meus pés, como se aquela superfície estivesse prestes a se romper a qualquer momento. Encontrei dificuldades para me livrar daquele labirinto de escombros, um arrepio percorria meu corpo toda vez que alguém esbarrava em mim ou olhava na minha direção. Com o coração socando o peito e a garganta seca, fiz sinal para um táxi, que parou ao meu lado levantando poeira. O interior do carro cheirava fortemente a pastilha de eucalipto e mofo. O motorista era um sujeito de meia-idade com um sorriso de dentes manchados e uma barriga avantajada. Respondi com muxoxos desanimados às suas tentativas de entabular uma conversa.

"Você não fala muito", disse o homem, me encarando pelo espelho retrovisor. "Está tudo bem? Você parece angustiada."

"Minha mãe desapareceu", respondi, surpreendendo a mim mesma. "Faz uma semana que ninguém sabe dela."

"Você está falando sério?", perguntou o homem, uma expressão alarmada em seu rosto. "Por que me deixou tagarelar sobre a previsão do tempo? Peço desculpas pela indelicadeza. Tenho certeza de que você conseguirá encontrá-la."

Tive vontade de perguntar como ele poderia ter certeza disso.

Do lado de fora da janela, os prédios, as árvores e as pessoas eram um borrão. O ar nos meus pulmões parecia estranho, mais denso e pesado do que o normal. Como se não fosse o meu corpo, como se eu tivesse me confundido e vestido a pele de outra pessoa antes de sair.

"Espero que ela apodreça onde quer que esteja", eu disse, por fim. E gargalhei até sentir meus olhos se encherem de lágrimas.

3

O taxista abriu e fechou a boca algumas vezes, incapaz de decidir o que responder à minha súbita explosão de hilaridade. Por fim, desviou os olhos do retrovisor e permaneceu em um silêncio assustado ao longo de todo o percurso. Nem ao menos olhou na minha direção quando paramos em frente à casa de Andrea e eu desembarquei do veículo aos tropeços.

Inspirando com sofreguidão o ar quente e poeirento daquele lugar, precisei de alguns instantes para me conformar à ideia de que eu estava de novo ali. Quase não havia ninguém na rua. As nuvens estavam baixas e carregadas. A despeito do tempo que havia passado desde a última vez em que coloquei os pés naquele bairro, nada parecia ter realmente mudado. Modestas casas geminadas se estendiam ao longo da rua, o chão de asfalto continuava esburacado, transbordava lixo nas latas de alumínio em frente às residências, poucos veículos circulavam pela região.

O número da caixa de correio de Andrea — 53 — estava quase apagado. A fachada exibia feias manchas de mofo, pichações e ervas daninhas. Diferente das outras casas, o lugar parecia abandonado, era difícil imaginar alguém vivendo ali. Eu me lembrava perfeitamente como era habitar aquela pequena fortaleza. Cômodos apertados, iluminação oscilante, o rangido da tubulação de água dentro da parede. Andrea nunca abria as janelas, o que deixava o interior abafado e escuro. Tudo o que vinha de fora nos provocava taquicardia, nos deixava em constante estado de apreensão. O ranger do motor de um carro, vozes altas, passos na frente da casa, o som da campainha ecoando inesperadamente. O mundo dos vivos nos despertava desconfiança e medo.

Deixei aquela casa assim que concluí os estudos. Morei em inúmeros lugares ao longo dos anos, alguns realmente horríveis em áreas muito perigosas da cidade. Em um desses endereços, vi uma pessoa ser assassinada embaixo da minha janela durante uma tentativa de assalto. Ainda assim, nunca cogitei retornar à casa de minha mãe. Nas poucas ocasiões em que apareci para uma visita, não permaneci mais do que algumas horas antes de ir embora às pressas. No entanto, não demorei a descobrir que aquela casa fazia parte do meu corpo, o mesmo material que sustentava aquelas paredes preenchia minhas veias. Nunca consegui abandonar o cárcere daqueles cômodos. Bastava fechar os olhos para estar de volta, como se a vida que levei longe daquele lugar não passasse de um sonho.

"Eu não deveria ter vindo", sussurrei para mim mesma, paralisada diante da porta de entrada, o vento forte açoitando meu corpo. Onde Andrea se encontrava naquele momento? O que ela havia deixado para trás antes de desaparecer? Temia me ver presa ali caso eu desse mais um passo em direção ao seu interior.

"Ana?", chamou uma voz às minhas costas.

Assustada, me voltei na sua direção e, para o meu alívio, encontrei apenas o rosto enrugado de Célia. Por um segundo, acreditei que fosse Andrea. Descobri que ainda não me sentia pronta para reencontrá-la depois de cinco anos de afastamento.

"Olá", eu disse, procurando afastar do rosto qualquer sentimento revelador demais.

"Como você está?", perguntou Célia, sorrindo melancólica. "Faz muito tempo que não nos vemos." Sua aparência não parecia ter sofrido qualquer alteração desde o nosso último encontro: cabelos grisalhos presos em um coque apertado no alto da cabeça, nariz adunco, óculos de leitura pendurados no pescoço por uma corrente de pérolas de plástico, vestido largo como uma túnica e chinelos de borracha. Suas roupas cheiravam ao mesmo sabão em pó barato de sempre.

"Eu estou ótima. Como você está?"

"Nenhuma novidade. Dores nas pernas, olhos cansados..."

"Você queria me contar algo sobre minha mãe", eu a interrompi, pouco interessada em seu estado de saúde.

Como se tivesse levado uma martelada na cabeça, Célia pareceu desconcertada com a menção à nossa conversa por telefone. Lançou um olhar furtivo e preocupado para uma casa de dois andares do outro lado da rua, como se temesse estar sendo observada naquele momento. Por uma das janelas do segundo andar, notei as luzes de uma televisão projetadas no teto e ouvi risadas alegres de duas crianças.

"Podemos conversar lá dentro?", perguntou a mulher, indicando sua própria casa com um gesto.

A velhota morava em uma típica residência do subúrbio. Móveis antigos, quadros cafonas, bibelôs de porcelana, dezenas de porta-retratos espalhados pelo ambiente. Sentei em uma cadeira que rangeu com meu peso. Quando minha mãe e eu nos mudamos para a casa ao lado, Célia nos recebeu como se não soubesse quem éramos ou o que havíamos feito. Como se não tivesse visto nosso rosto nos programas de televisão e nos jornais. A princípio acreditamos que ela era outra curiosa, que apenas se aproximava para tentar desencavar mais informações sobre o que havia acontecido naquela fatídica noite. Ainda que ao longo dos anos Célia tenha se provado uma boa amiga, nunca permitimos que ela se aproximasse demais ou se tornasse íntima.

"Nós nos conhecemos há muitos anos", disse a mulher, os olhos instantaneamente marejados. "Eu jamais pensaria mal da Andrea, mas o que ela fez poucos dias antes de desaparecer não foi certo. As pessoas já estavam muito incomodadas por causa dos seus problemas com álcool, mas tudo piorou quando... quando... ela tentou *levar* a filha da Miranda."

"O que você disse? Andrea tentou sequestrar uma pessoa?", perguntei, atordoada. Se eu não soubesse que Célia não possuía qualquer senso de humor, provavelmente acreditaria que ela tentava me pregar uma peça.

Célia mordeu o lábio inferior: "Não acredito que se tratou de uma tentativa de sequestro. Acho que ela apenas desejava levar a menina para sua casa por alguns minutos... Talvez quisesse oferecer um doce ou uma fatia de bolo. Andrea não era uma pessoa violenta."

A vontade de rir quase me fez engasgar. A situação era absurda demais para ser verdade. Andrea jamais convidaria quem quer que fosse para entrar em sua casa, menos ainda para oferecer doces ou fatias de bolo. Nunca assou um bolo em toda sua vida. Nunca demonstrou grande apreço por crianças. Ouvir Célia dizer que não considerava Andrea uma pessoa violenta foi como levar uma bofetada.

"Não sei se estou conseguindo acompanhar", disse-lhe, por fim. "Quem é Miranda?"

"Miranda mora em frente à casa da sua mãe. Ela se mudou para a nossa vizinhança há quase um ano. Não é casada, mas tem uma filha de cinco anos. Ninguém sabe bem o que aconteceu, sua mãe parecia muito transtornada nesse dia, falava coisas sem sentido. Não há dúvidas de que estava muito alcoolizada. Aparentemente, Andrea encontrou a filha de Miranda brincando sozinha na entrada de casa e tentou fazer a menina acompanhá-la. Como ela se recusou a ir, Andrea pegou a criança pelo braço e a arrastou à força até o outro lado da calçada. Quando a menina começou a gritar, os outros vizinhos apareceram e a afastaram de Andrea. Pobrezinha... a menina ficou tão assustada..."

"E o que aconteceu depois? Chamaram a polícia?"

"Não", respondeu Célia, engolindo em seco. "Felizmente eu também ouvi os gritos e corri para ver o que estava acontecendo. Quando encontrei sua mãe metida naquela confusão, eu insisti que tudo não devia passar de um engano. Andrea nunca tentaria sequestrar uma criança, ela estava confusa e não se expressou de maneira correta. Miranda aceitou não chamar a polícia, mas disse que não pensaria duas vezes caso visse Andrea se aproximar de novo de sua filha."

A cena parecia viva diante dos meus olhos: Andrea com uma expressão delirante estampada no rosto, a menina gritando a plenos pulmões, os vizinhos aparecendo. O que tudo isso significava? O que ela pretendia fazer com uma criança? Célia obviamente não acreditava em nada do que disse para defender a inocência da amiga. Ninguém arrastava uma criança pela rua por acaso. O que aconteceu durante os últimos anos? Quando Andrea começou a perder o controle sobre a própria vida? Na época em que morávamos juntas, ela raramente colocava os pés para fora de casa, exceto para trabalhar. Nunca demonstrou interesse na vida dos vizinhos. Senti uma fisgada gelada no estômago ao constatar que o nosso segredo se encontrava nas mãos de uma pessoa desequilibrada, uma pessoa cujo paradeiro era desconhecido, que parecia incapaz de controlar suas ações. O que a impedia de falar sobre aquela noite distante? E se Andrea fizesse com que tudo voltasse à tona? Era assustadora a ideia de que poderiam escavar nosso passado e escrutinar nossa vida mais uma vez diante de milhares de pessoas.

A sala de Célia pareceu de repente apertada demais com todos aqueles móveis e bibelôs. Respirar se tornava cada vez mais difícil, meus pulmões rangiam desconfortavelmente dentro do peito. Desviei o olhar para não encará-la, constrangida pela compaixão que me vi sentindo. Célia nunca foi casada, nunca teve filhos. Vivia sozinha havia anos na casa que tinha pertencido à sua mãe, rodeada por objetos empoeirados herdados dos antepassados. Uma mulher patética que se alimentava da existência alheia. Uma mulher solitária e estúpida o bastante para se atrelar a duas pessoas tão danificadas quanto minha mãe e eu.

"Como ela se chama?", perguntei, a garganta seca.

"Quem?"

"A menina!", respondi, com raiva. "A menina que minha mãe tentou sequestrar!"

"Claro, claro", disse Célia, perturbada com minha súbita explosão de agressividade. Provavelmente naquele momento a velha se perguntava se eu seria capaz de lhe fazer algum mal. Não era o que todas as pessoas se perguntavam quando me conheciam? "Elisa. Ela se chama Elisa."

Permanecemos em silêncio por alguns instantes. Murmurei umas palavras de despedida e deixei a casa antes que Célia conseguisse dizer mais alguma coisa.

Do lado de fora, me senti perturbada pela dimensão do céu sobre a minha cabeça. Usei o muro da casa de Célia para me apoiar enquanto tentava me equilibrar nas duas pernas. Mirei a casa do outro lado da rua, aquela que ficava de frente para a janela da sala de Andrea. Miranda e sua filha moravam ali? Poucos minutos antes, quando me encontrou petrificada na calçada, Célia disparou um olhar apreensivo naquela direção. A casa de Miranda era exatamente como as demais casas que ocupavam aquela rua. Não parecia guardar nada especial em seu interior. Ao olhar com atenção, pude notar que as janelas precisavam de uma limpeza e que algumas rachaduras maculavam a superfície das paredes. O que havia despertado o interesse de Andrea em relação àquelas pessoas?

As duas crianças continuavam se divertindo dentro da casa. Suas vozes flutuavam pela janela do segundo andar e ecoavam pela rua vazia. Tentei imaginar a aparência de Elisa, sua altura, a tonalidade de seus cabelos, o tipo de roupa que vestia. Mas chegar a uma conclusão era impossível. Tudo o que eu sabia sobre a menina era o nome.

Por anos, eu desejei o sumiço de minha mãe. Essa era uma fantasia recorrente durante a minha infância: Andrea desaparecia no ar como fumaça, e em seu lugar eu descobria pais amorosos que me levavam para bem longe. Uma filha perdida reencontrada pelo acaso. Beijos molhados de lágrimas, abraços apertados, juras de amor incondicional.

Estranhamente, minha mãe parecia estar em todo lugar, agora que havia desaparecido.

Nuvens negras cobriam o céu, transformando o dia em noite algumas horas mais cedo. A poucos metros de distância, uma sacola plástica flutuava solitária no ar. Empurrada pelo vento forte, ela dava piruetas enquanto subia e descia.

"Parece um fantasma", sussurrei para mim mesma, enquanto deixava meu corpo se encher com lembranças há muito adormecidas.

4

Não precisei tirar as chaves da bolsa, a casa não estava trancada. Com as mãos trêmulas, empurrei a porta e entrei.

Meus olhos levaram um tempo maior que o normal para se habituar à penumbra. O silêncio invadiu meu corpo de maneira terrível, como uma presença fantasmagórica. A imobilidade insuportável do espaço ao meu redor me fez pensar em uma cobra venenosa, paralisada antes de atacar. O cheiro ali dentro era desagradável, uma mistura de sujeira e algo estragado. Quando acendi as luzes, o coração martelando dentro do peito, tomei um susto ao me deparar com o caos do ambiente. O piso estava grudento e cheio de pegadas de lama endurecida. Os móveis feios e velhos eram desagradavelmente familiares. Quantas vezes eu não havia feito refeições naquela mesa que pertencera à avó de Andrea? Sobre a mesa e o sofá, pilhas desordenadas de papéis e jornais velhos. Uma das cortinas exibia um rasgo enorme. Cadeiras tombadas, um vaso de plantas quebrado no chão, copos sujos sobre a mesa, roupas emboladas no sofá. Desde quando Andrea vivia em tais condições? Quando teria sida a última vez que se preocupara em limpar a própria casa?

Abandonado no chão, um porta-retratos exibia uma rachadura no vidro. Peguei o objeto e deslizei meus dedos pela fissura. Os avós de Andrea sorriam em uma fotografia desbotada. Praticamente não os conheci. O homem morreu dois anos antes de eu nascer e a mulher já era muito idosa durante meus primeiros anos de vida. Minhas lembranças se limitavam ao quarto escuro e fétido em que ela convalesceu por meses antes de falecer. Mas naquela fotografia os dois ainda eram jovens. Sorriam e se abraçavam diante de uma árvore imensa, excitados com os anos que ainda compartilhariam. Nunca houve muitas fotografias em nossa casa, não possuíamos lembranças que gostássemos de celebrar. No entanto, Andrea sempre tratou aquela imagem como se fosse um tesouro. Regularmente eu a encontrava com o porta-retratos nas mãos, os olhos ávidos em direção à imagem. Como se buscasse uma maneira de penetrar aquele mundo em tons sépia onde seus avós ainda viviam e eram felizes.

Deixei o porta-retratos sobre a mesa e segui para a cozinha. O chão apresentava as mesmas pegadas de lama endurecida encontradas na sala. O assobio do vento ao penetrar o espaço por uma janela aberta soava desagradavelmente alto. Ali dentro o cheiro de comida estragada era mais intenso, e precisei cobrir o nariz com as mãos para suportar permanecer naquele espaço. Pilhas de louça suja sobre uma pia encardida, lixo transbordando na lata, garrafas vazias espalhadas pelo chão, geladeira aberta, formigas devorando uma maçã apodrecida sobre a mesa. Peguei uma das garrafas. Vodca. Fechei a geladeira e avancei em direção ao banheiro.

A torneira jorrava água na porcelana. Produtos de higiene se espalhavam pelo chão. As toalhas exalavam um cheiro forte de mofo. Por alguns instantes, tive a impressão de que Andrea estava dentro daquela casa, que ela havia deixado a torneira aberta para me pregar uma peça. Fechei a torneira e saí do banheiro.

"Andrea?", chamei, irritada. Minha voz ecoou longa e triste pelos cômodos, o que me perturbou. "Andrea?"

Ninguém respondeu.

Ainda com dificuldades para acreditar que eu estava de fato sozinha, continuei a percorrer a casa. Não era nada prazeroso explorar o interior depois de tantos anos, ver o passado se reconstituir diante dos meus olhos. O que eu responderia à polícia quando me perguntassem sobre a vida e os hábitos de Andrea? Não pareceria suspeito dizer que eu não punha os pés ali havia cinco anos? Que nos tornáramos estranhas uma para a outra?

A porta do meu antigo quarto estava entreaberta. Ao empurrá-la, as dobradiças rangeram. Exceto por algumas caixas empilhadas em um canto e pela camada grossa de poeira que revestia cada superfície ali dentro, o lugar parecia exatamente o mesmo de anos atrás. Uma cama de ferro oxidado, um armário de madeira compensada, um ventilador de teto, o piso de ardósia. Coberta por teias de aranha, a janela permitia a visão de uma parede de concreto. Se eu esticasse o pescoço, conseguiria ver o telhado de duas águas da casa de Célia e a copa de uma árvore se movimentando com a força do vento.

Tantas vezes tive a impressão de que dentro daquele quarto as horas transcorriam lentamente. Não havia ninguém com quem conversar, nenhuma atividade parecia interessante o suficiente para prender minha atenção. Tudo o que eu fazia era observar as sombras se moverem conforme o sol se deslocava no céu. Tomada por uma sensação sufocante de que o planeta girava vagarosamente, que o crepúsculo se estenderia ao infinito, que o dia seguinte nunca chegaria. Descobri nesse quarto que era possível encontrar conforto no fundo do abismo, um tipo de conforto que não existia em nenhum outro lugar. Um conforto que me deixava dependente e me isolava completamente das outras pessoas.

Deixei meu antigo quarto e segui para o cômodo que Andrea ocupava. Talvez aquele fosse o lugar mais bagunçado de toda a casa. Ali as pegadas pareciam mais numerosas e caóticas. Todas as portas do armário estavam abertas e suas roupas se encontravam emboladas na cama. Seu precioso vestido florido, que custou os cabelos da minha antiga boneca, estaria no meio daquela sujeira? As cortinas do quarto também apresentavam rasgos. Pequenos pedaços de vidro cintilavam no chão.

Não consegui permanecer por muito tempo ali dentro. Um odor desagradável e adocicado envenenava o ambiente. Tropecei para fora do quarto e bati a porta com força. Apoiando as costas em uma das paredes do corredor, sorvi o ar ao meu redor com sofreguidão. Era o perfume que Andrea usava. O frasco provavelmente havia quebrado em algum lugar, impregnando o piso e as roupas com aquele odor detestável. Até onde minha memória era capaz de alcançar, Andrea sempre usara o mesmo perfume. Uma fragrância excessivamente adocicada que perdurava nos ambientes muito tempo depois que ela os deixava.

Uma lembrança física e visceral da infância despontou nos meus pensamentos como um prego enferrujado: a sensação de queimação na garganta ao ingerir aquele perfume. Não me lembro de como cheguei a tal ideia, mas, enquanto meu estômago revolvia aquele líquido de cheiro desagradável, tive a ilusão de que havia conseguido apaziguar a solidão e a sensação de impotência que me perturbava todos os dias. Não demorou para eu vomitar no chão da sala tudo o que havia comido naquele dia. As dores de estômago que senti foram tão fortes que precisei ser levada às pressas para um hospital. Permaneci internada por alguns dias em um quarto branco que cheirava a álcool e remédios. Durante as horas em que fiquei sozinha, observando a televisão exibir imagens granuladas, imaginei minha mãe debruçada sobre a cama em que eu estava. Com uma voz cheia de ternura, ela sussurrava em meu ouvido como temera me perder. Enquanto acariciava meu rosto, ela prometia cuidar de mim até que eu me recuperasse completamente. Prometia fazer tudo o que eu desejasse para me ver feliz.

Mas essas imagens nunca se concretizaram. Ao deixar o hospital, Andrea me direcionou um olhar raivoso e ralhou comigo por ter feito algo tão idiota. O que eu esperava que acontecesse ao beber um frasco inteiro de perfume? Por causa da minha estupidez, ela precisou faltar alguns dias no trabalho, o que provavelmente afetou seu salário no final do mês.

Quando o presente voltou a se reconstruir diante dos meus olhos, não consegui suportar a ideia de permanecer mais um minuto naquela casa. Tropeçando nos próprios pés, corri para a rua como se fugisse de uma assombração. Alguns instantes depois, enquanto vagava por ruas incomodamente familiares, recebi uma ligação da polícia, eles queriam me encontrar, precisavam de mais algumas informações sobre minha mãe para continuar as buscas. Atordoada por tudo o que tinha visto na casa de Andrea, decidi revelar que não poderia ajudar, nós duas não nos encontrávamos havia cinco anos e fazia quase um ano desde a última vez que tínhamos conversado por telefone. Do outro lado da linha, a policial com quem eu falava permaneceu em silêncio por alguns segundos. Provavelmente se perguntava que tipo de filha eu era para deixar a mãe entregue à própria sorte. Após encerrar a ligação, me perguntei se ela sabia quem éramos e o que havíamos feito.

A chuva prometida pelo taxista finalmente desabou sobre a cidade. Correndo embaixo da tempestade, me vi obrigada a buscar abrigo na casa da minha mãe. Após secar meus cabelos com uma toalha limpa que encontrei no armário do banheiro, reuni os papéis espalhados pelo chão da sala, guardei o porta-retratos dos meus bisavós dentro de uma gaveta e espanei a sujeira do sofá. Para tentar dissipar o mau cheiro, abri as janelas e deixei o odor da chuva entrar.

Passados alguns minutos tediosos instalada no sofá, comecei a folhear os papéis que encontrei espalhados pela sala. Entre contas de luz de dois anos atrás, encartes de supermercado e jornais velhos, me deparei com um desenho amassado. Claramente realizado por uma criança, a imagem feita de giz de cera exibia pássaros de penas multicoloridas sobrevoando um céu azul. As cores desbotadas indicavam que era um trabalho muito antigo. Não demorei a compreender de onde o desenho tinha vindo. Pertencia ao orfanato em que minha mãe havia trabalhado como faxineira muitos anos antes. Ainda que essa fosse uma recordação antiga, eu me lembrava perfeitamente do dia em que vi minha mãe parar diante de um dos murais que havia nos corredores do orfanato para observar aquele desenho com o cenho franzido. Por que ela parecia tão interessada naqueles rabiscos sem graça?, eu me perguntei na época. Quando decidiu retornar ao corredor para roubar o desenho? A criança que o tinha feito chegou a notar que tinha sumido do mural?

Aturdida pela lembrança, larguei o desenho sobre a mesa e retornei ao sofá. Por alguns instantes, pensei na pequena Elisa sendo arrastada para longe da própria casa. E voltei a me perguntar o que Andrea pretendia com aquela criança.

Decidi passar a noite na casa. A chuva não dava sinais de abrandar, e eu intuía que a chave para compreender o que tinha acontecido com Andrea se encontrava ali. Optei por permanecer instalada no sofá cheio de calombos da sala. Voltar a ocupar o quarto em que dormi por tantos anos estava fora de cogitação. Demorei para conseguir pregar os olhos. Não importava o quanto eu me revirasse no sofá, parecia impossível acalmar os pensamentos. Em que lugar Andrea se encontrava? O que ela fazia naquele momento?

Fui despertada nas primeiras horas da manhã pelo toque do meu celular. Atendi o aparelho com o coração agitado e a boca seca. Uma luz perolada entrava pela janela. Não chovia mais.

Era a polícia. Tinham encontrado minha mãe.

5

Andrea usava o vestido florido que eu acidentalmente havia rasgado tantos anos antes.

Deitada em uma mesa de metal no necrotério, exibia olhos arregalados e uma pele flácida esbranquiçada que parecia prestes a se soltar da carne. Seus cabelos estavam emaranhados no topo da cabeça. Havia manchas de lama nos braços e nas pernas. Pequenos ferimentos cobriam seus pés. Uma das unhas fora arrancada. Ela parecia ao mesmo tempo infantil e muito idosa. A expressão em seu rosto revelava uma vulnerabilidade obscena.

"É ela? É sua mãe?", perguntou a policial com quem eu tinha conversado por telefone no dia anterior.

Concordei com um movimento de cabeça. Um nó apertava minha garganta, bloqueando a passagem de ar. *Aquilo* era realmente minha mãe? Um pedaço de carne que já começava a apodrecer? Por mais desagradável que fosse aquela visão, eu não conseguia afastar meus olhos do seu corpo. Temia que ele desaparecesse no segundo em que eu desviasse minha atenção. Os dedos de Andrea estavam inchados e tingidos por feios tons de roxo. Desejei enfiar na boca um daqueles dedos. Se eu o mordesse com força, ela continuaria imóvel? Não levantaria para ralhar comigo? Ao longo dos anos, a ideia da morte me assombrou diversas vezes. Mas eu nunca tinha me sentido tão exposta a ela quanto naquela sala fria e asséptica. Se minha mãe sucumbiu à sua força, eu também sucumbiria. Não havia escapatória.

"Seu corpo foi encontrado em uma praia", disse a policial quando me ligou algumas horas antes. "Os legistas ainda não a examinaram, mas aparentemente ela sofreu um afogamento."

Estranhamente calma, como se eu não estivesse dentro do meu próprio corpo, continuei ouvindo a policial falar. Anotei o endereço do necrotério e deixei a casa de Andrea me perguntando se ainda estava dormindo, se o telefonema não fazia parte de um sonho macabro. As nuvens escuras e as inúmeras poças d'água espalhadas pelas ruas só faziam crescer esse sentimento.

A policial me recebeu com uma expressão impassível e me acompanhou por um longo corredor em direção à sala onde os corpos eram mantidos. Quando abriu a porta, e uma luz fria se derramou pelo corredor, tive vontade de dar meia-volta e ir embora. Não me importava se aquele corpo pertencia ou não a Andrea. Não me importaria em viver para sempre num limbo, me perguntando constantemente o que havia acontecido com ela. Façam o que quiserem com o corpo que está aí dentro. Enterrem. Abandonem em um terreno baldio. Devolvam ao mar. Mudei de ideia e decidi entrar na sala ao notar que o corpo estendido sobre a mesa de metal trajava um conhecido vestido florido. *Depois de tantos anos ela ainda tinha aquela roupa velha?...* Ao me aproximar e notar o quanto ele se deteriorara, senti vontade de gargalhar. Andrea passou a vida inteira guardando esse pedaço de pano feio como se fosse uma peça de alta-costura. Esbofeteou meu rosto e destruiu minha boneca por causa dele. Você perdeu, eu queria gritar às gargalhadas. Vou jogar essa porcaria no lixo antes que você chegue ao inferno.

"Um homem a encontrou na faixa de areia. Ele caminhava com seu cachorro quando o animal farejou o corpo", prosseguiu a policial. Senti outra vez uma vontade quase incontrolável de rir ao imaginar um cachorro mastigando os dedos dos pés de Andrea. Mordi o lábio inferior com força para não deixar a gargalhada escapar. "Pela aparência do corpo, sua mãe parece ter permanecido alguns dias na água antes de aparecer na praia."

A tempestade da noite anterior varreu a cidade e trouxe Andrea de volta à superfície, pensei, enquanto imaginava seu corpo rodopiando como uma bailarina dentro d'água. Essa não era a primeira pessoa morta que eu via. Mas foi somente nesse momento que eu descobri como a morte roubava nossa individualidade e nos tornava iguais uns aos outros. Olhos opacos, membros flácidos, expressão idiotizada.

"Os legistas precisam voltar ao trabalho", disse a policial. Ao estreitar os olhos na minha direção, a mulher parecia tentar decifrar meu comportamento. Eu agia de maneira estranha porque estava em estado de choque ou escondia alguma informação importante? "Entraremos em contato quando tivermos os resultados dos exames. Esperamos descobrir em breve o que aconteceu com sua mãe."

Enquanto me acompanhavam para fora da fria sala, imaginei os legistas abrindo e revolvendo o interior do corpo de Andrea com expressões apáticas estampadas no rosto. Boa sorte, tive vontade de dizer para eles. Minha mãe dificilmente revelava o que escondia por baixo da pele.

Quando a porta se fechou às minhas costas, meu coração deu um salto dentro do peito e estaquei o passo. Um pensamento penetrou meu crânio como um caco de vidro: nosso segredo será enterrado junto com Andrea, lacrado para sempre dentro de um caixão. Uma vontade avassaladora de irromper de novo dentro daquela sala me atingiu como um soco no estômago. Eu queria me atirar sobre seu corpo e sacudir violentamente seus ombros até conseguir que sua alma retornasse à Terra. Você não pode me deixar sozinha carregando a verdade sobre o que aconteceu naquela noite! Você simplesmente não pode me deixar sozinha!

"Você precisa que eu chame alguém?", perguntou a policial. "Ana?"

"Eu estou ótima", respondi, o coração batendo cada vez mais acelerado. "Preciso ir embora", e me afastei daquela mulher.

As ruas estavam enlameadas e escorregadias. Nuvens negras ainda cobriam o céu. Os carros passavam levantando lençóis de esgoto. Era difícil respirar aquele ar úmido e quente. A ideia de retornar ao meu apartamento me pareceu desanimadora. Decidi me deixar guiar pelos movimentos dos meus passos enquanto observava a cidade ao meu redor. Caminhei por horas. Entrei em ruas desconhecidas e encarei o rosto dos transeuntes com quem eu cruzava, como se buscasse algo naquelas feições estranhas. Por mais que me afastasse do necrotério, o rosto inchado e esbranquiçado de Andrea não me abandonava, como se sua imagem estivesse gravada a fogo em minhas retinas. Qualquer pessoa que a encarasse se surpreenderia ao descobrir que ela tinha apenas cinquenta e um anos. Os últimos anos haviam devorado Andrea, transformando a pessoa bonita e jovial que ela tinha sido um dia em uma velha. Quando criança, às vezes me causava asco imaginar que eu havia sido gerada em suas entranhas. Que seus fluidos enchiam minhas veias. Que minha carne era parte de sua carne. Agora que estava morta, agora que começava a apodrecer, eu me perguntava se o mesmo aconteceria comigo.

Parecia impossível encontrar sentido naquele emaranhado confuso de eventos. Toda a situação era muito intrigante. O abuso de bebidas alcoólicas. O desleixo da casa. O incidente com a pequena Elisa. O aparecimento na praia. Por mais estranho que possa parecer, até o último segundo eu ainda acreditava que Andrea estivesse viva, que a qualquer momento ela surgiria como se nada tivesse acontecido, exibindo uma expressão desdenhosa no rosto. Os sentimentos que eu nutria por ela eram tão intensos que a ideia de vê-la desaparecer parecia um absurdo. Sempre fomos como dois planetas uma para a outra, oferecendo atração e repulsão na mesma proporção. Era essa a força de imantação que nos mantivera em movimento por anos. O que restaria para mim agora que estava sozinha? Como me comportar sem o seu antagonismo? O que significava estar sozinha quando sua imagem e voz viviam em meus pensamentos? Começava a perceber que tudo o que eu sabia sobre mim estava ligado ao ressentimento que alimentava por ela.

Quando as primeiras estrelas despontaram no céu, decidi que era hora de interromper a caminhada e voltar para casa. Por algum motivo, não retornei ao meu apartamento, me senti impelida a mais uma vez seguir o caminho que levava até a casa de Andrea.

Não consegui sair daquele sofá velho durante todo o dia seguinte. Encontrei um pacote fechado de torradas dentro de um dos armários e comi apenas isso. No outro dia, recebi outra ligação da polícia, dessa vez para informar sobre os resultados dos exames de autópsia. Confirmando a hipótese de morte por afogamento, os legistas encontraram dentro do corpo de Andrea dois pulmões encharcados de água. Os níveis de álcool em seu sangue também se revelaram altíssimos. De acordo com a pessoa do outro lado da linha, era difícil concluir se ela tinha se afogado de propósito ou se tudo não passara de um trágico acidente provocado pelo excesso de álcool. O tom de voz da policial deixava claro que as investigações não avançariam mais, dificilmente chegariam a uma conclusão. Após ouvir Célia e os outros vizinhos, provavelmente ficou claro para todos que Andrea era uma mulher em constante estado de embriaguez que causava confusão por onde passava.

Depois de desligar, permaneci um tempo tentando imaginar Andrea durante os derradeiros minutos em que entrou no mar. Ela teria buscado no fundo daquelas garrafas de vodca coragem para se atirar na água? Joguei o controle da televisão na parede, quebrando-o em vários pedaços. Covarde! O que ela esperava conseguir com isso? Absolvição?

Peguei minha bolsa e saí de casa às pressas. Não sabia para onde ir, precisava apenas me acalmar, organizar os pensamentos para compreender o que fazer. Mais uma vez deixei que o movimento dos meus passos guiasse o caminho. Quase uma hora mais tarde, ainda muito agitada pela ideia do suicídio, me vi em um lugar de que não me aproximava havia muitos anos. Faltavam algumas quadras para ser o local exato, mas meu corpo já manifestava uma agitação interior em reconhecimento. Seria realmente uma boa ideia ir até lá para olhar o que o tempo tinha feito com aquele endereço? Agarrei a alça da minha bolsa com força e segui a passos firmes.

Talvez porque as imagens do passado pareciam mais sólidas que o presente, meu cérebro apenas registrou o que estava diante dos meus olhos quando cruzei a rua e me aproximei. O casarão onde havia funcionado o orfanato em que minha mãe trabalhara não existia mais. Substituído por uma praça com mesas e bancos de ferro, o lugar parecia ter se tornado moradia dos mendigos da região. Chão cimentado de qualquer jeito, sacos de lixo espalhados por todos os lados, pilhas de entulho. Com sua parede de tijolinhos, os fundos da igreja que havia atrás do orfanato agora eram perfeitamente visíveis da calçada. Nas minhas lembranças, aquele terreno parecia muito maior, o que significava que o casarão também não era tão grande quanto eu pensava. Talvez o passado não fosse como eu me recordava, pensei, desorientada com essa ideia.

O céu parecia muito alto, os tons de azul excessivamente escuros e as nuvens distantes. Muitas árvores ao longo da rua haviam desaparecido. As casas ao redor aparentavam miséria e degradação. Fazia dezoito anos desde a última vez em que eu estivera ali. Quando decidiram demolir o casarão? O que havia acontecido com as pessoas que trabalhavam no orfanato? Para onde foram levadas todas as crianças que moravam ali? Na primeira vez em que aos catorze anos visitei o orfanato, em um dos seus raros momentos de sinceridade, Andrea contou ter se apaixonado por aquele lugar ao descobrir seu nome: Orfanato Retiro dos Pássaros.

Meu corpo parecia ter guardado a sensação exata de percorrer os espaços daquele casarão. Senti minha pele formigar enquanto memórias adormecidas borbulhavam em direção à superfície: o chão de madeira estalando sob meus pés, o aroma das refeições enchendo os corredores, o pé-direito alto pressionando meu corpo magro. A penumbra avermelhada de fim de tarde se espalhando por cômodos amplos. Os vidros das janelas vibrando com a força do vento. O pinga-pinga das plantas da horta encharcadas de água. *Ploc, ploc, ploc.*

Quando pensava nesse local, eu o imaginava exatamente como o tinha visto na última vez. Era atordoante perceber que o tempo o havia transformado tanto quanto me transformara. Não restava nada do casarão, mas os acontecimentos daquele período continuavam reverberando em nossas vidas. Não fazíamos ideia, quando atravessamos aquelas portas pela primeira vez, de que esse lugar selaria nosso destino para sempre.

6

Nas minhas lembranças chove constantemente no Orfanato Retiro dos Pássaros.

Nuvens carregadas avançam como um exército sobre o casarão, o sussurro fantasmagórico do vento enche os corredores, portas batem com força, papéis se despregam das paredes e flutuam no ar. Quando o primeiro raio despencava de uma nuvem, todo o casarão estremecia com o impacto. O som da água atingindo o telhado reverberava pelo edifício como uma canção. As sombras projetadas nas paredes me faziam imaginar que estávamos dentro de um imenso aquário. Poucos minutos de chuva eram o suficiente para espalhar pelo ambiente um cheiro de umidade que eu adorava em segredo. Ao atravessar os corredores, eu inspirava com força para preencher os pulmões com aquele odor, como se estivesse diante de uma criatura exótica. Um animal que pouco a pouco despertasse de um sono profundo.

Ninguém conseguia explicar por que as crianças ficavam tão excitadas diante da aproximação de uma tempestade. Bastava que o som de um trovão ecoasse pelo orfanato para que todos corressem em direção à janela mais próxima. Rindo e empurrando uns aos outros, eles se detinham no carro da diretora do orfanato estacionado em frente ao casarão, nos anões de cerâmica que decoravam a horta, nos transeuntes correndo embaixo d'água. E se a tempestade levasse embora o carro da diretora? Depois de tanta chuva, os anões acordariam gripados no dia seguinte? Era possível que uma chuva muito intensa fizesse o mar avançar sobre a cidade? Se de repente faltasse a luz, a diversão era ainda maior. A diretora orientava os professores a interromper as aulas e realizar atividades mais leves. Caso fizesse muito frio, um delicioso chocolate quente era servido em feias canecas de plástico.

Talvez a chuva os excitasse tanto porque oferecia alguma novidade, ainda que pouco significante, aos dias que pareciam tão longos e sem forma. A paisagem banal daquele bairro se transformava por alguns instantes, adquirindo uma aparência exuberante e fantástica. Ninguém entrava ou saía do casarão durante esses períodos, não havia chegadas ou partidas. Confinados no mesmo lugar, eu conseguia sonhar por alguns instantes que permaneceríamos todos juntos, protegidos sob o mesmo teto, para sempre.

Quando caíam as últimas gotas de chuva, o céu adquiria uma profundidade e uma tonalidade perolada saídas de dentro de um sonho.

Na tarde em que voltou ao nosso apartamento anunciando que finalmente havia conseguido um emprego, Andrea tremia de incredulidade. Nenhuma oportunidade se abria em seu horizonte desde que fora demitida de um escritório de arquitetura cheio de gente esnobe. Quando recebeu a carta de demissão, Andrea não se importou. Detestava o lugar e aquelas pessoas que a tratavam como se ela fosse invisível, um fantasma arrastando baldes e vassouras pelos corredores. Meses desempregada fizeram com que ela até começasse a desejar retornar àquele ambiente hostil. Nossas economias, que nunca foram grandes, estavam praticamente esgotadas àquela altura. Recebíamos quase todos os dias comunicados do proprietário do apartamento em que morávamos exigindo que pagássemos os aluguéis atrasados ou desocupássemos o imóvel. Andrea comparecia às dezenas de entrevistas, mas o resultado era sempre o mesmo. Talvez a diretora do Orfanato Retiro dos Pássaros tenha visto o desespero gravado em seu rosto e se compadecido da situação em que nos encontrávamos.

Para celebrar a boa notícia, minha mãe me deixou sozinha no apartamento e voltou apenas ao amanhecer, tropeçando no capacho e derrubando um vaso de planta. A bolsa ainda estava pendurada no ombro quando ela se ajoelhou e vomitou sobre o tapete da sala. Aos catorze anos, eu já sabia perfeitamente cuidar de mim, mas ainda não conseguia evitar aquela insônia terrível que me acometia quando minha mãe saía à noite. O medo de ficar sozinha no mundo me congelava na cama. Mirando as luzes que invadiam meu quarto quando algum veículo cruzava a rua com os faróis acesos, eu me perguntava se aquela seria a noite em que ela por fim ficaria tão bêbada que se veria incapaz de retornar ao apartamento. Imaginava encontros com tipos estranhos e violentos. Acidentes terríveis. Contudo, sua presença pela manhã raramente era acompanhada de algum sentimento de alívio da minha parte. Frequentemente ela aparecia exalando um cheiro ruim e manifestando um comportamento desequilibrado. Por algum motivo, sua embriaguez me fazia sentir suja, como se algo terrivelmente desagradável estivesse entranhado em minha pele e se recusasse a ir embora.

Não consegui parar de pensar no orfanato depois que minha mãe o mencionou pela primeira vez. Por horas eu me perdia em elucubrações sobre o lugar, tentando imaginar os órfãos e os adultos que os adotavam. Explicar para mim mesma o motivo dessa fascinação era impossível. Certa tarde, assim que a última aula do dia terminou, deixei a escola e tomei o caminho para o orfanato em que minha mãe trabalhava, sem saber exatamente o que eu esperava encontrar naquele endereço. Quando vi o casarão pela primeira vez, senti uma descarga elétrica jorrar em direção ao meu estômago. O lugar parecia ter saído das páginas de um livro de fábulas. Tratava-se de uma construção em estilo colonial de dois andares, com janelas imensas, portas de madeira trabalhada, teto de gesso decorado com arabescos, arcos ogivais e uma horta exuberante enfeitada com anões de cerâmica na entrada. Árvores e brinquedos de ferro ocupavam o pequeno terreno atrás do casarão. Circulei por esses espaços como se tivesse despencado em outro planeta. Algo no rosto daquelas crianças pareceu atingir meu peito em cheio, uma estranha indefinição que era tanto magnética como temerosa. Em pouco tempo se tornou um hábito ir para o orfanato após as aulas. Ninguém pareceu se incomodar com a minha presença. Aos olhos de todos, eu era apenas mais uma criança claramente necessitada de atenção e afeto. A princípio minha mãe não pareceu muito feliz com essas constantes visitas, mas logo percebeu o quanto era conveniente que eu realizasse as refeições ali.

Conforme ouvi ao longo dos meses, aquele orfanato nasceu de uma conquista dos esforços da igreja que ficava atrás do casarão. Construído na década de 1950, o lugar funcionou como um colégio de freiras por trinta anos até fechar as portas e ser completamente abandonado às intempéries. Cansado de assistir à deterioração daquela propriedade, o padre entrou em contato com a prefeitura, pedindo financiamento para reformar e transformar o lugar em um orfanato. Não disponibilizaram muito dinheiro e a reforma não foi das melhores. Camadas de tinta por cima de painéis de madeira, maçanetas de latão que não combinavam entre si, vigas de madeira remendadas de qualquer jeito. Mesmo com os trabalhos de arte das crianças decorando as paredes e a atmosfera amistosa proporcionada por quem trabalhava lá, aquele ainda era um lugar soturno, cheio de ecos que pareciam penetrar meu corpo e se infiltrar em minha alma.

Os órfãos dormiam e guardavam seus poucos pertences em um salão comprido. Camas de ferro perfeitamente alinhadas diante de três janelões, ventiladores empoeirados que rangiam quando ligados, quadros pregados nas paredes. Nunca me proibiram de entrar no dormitório, mas eu sempre procurava me esgueirar até ali quando não havia ninguém por perto, assustada pelos sentimentos que atravessavam meu peito durante essas incursões. Passava a mão pelos travesseiros e lençóis e sentia a aspereza do tecido barato. Imaginava como seria dormir e acordar todos os dias mirando as vigas de madeira do teto. Cercada por outras crianças, eu me sentiria menos solitária? Encontraria dificuldades para fazer amizades? Em algumas camas, brinquedos velhos descansavam sobre os lençóis. Encontrei certa vez uma boneca tão feia e desgastada quanto aquela que Andrea destruiu anos antes durante um ataque de fúria. Diversas vezes me vi tentada a roubar ou esconder um daqueles brinquedos, apenas pelo prazer de causar problemas. O que aqueles órfãos pensavam quando me viam percorrer o casarão? Invejavam o fato de eu estar ali com a minha mãe e poder voltar para casa todos os dias? Quando chegava uma criança nova, e isso acontecia com muita regularidade, eu me via tomada por sentimentos conflitantes como curiosidade e repulsa. Quem era aquela criança? De onde tinha vindo? O que havia acontecido com sua família? Imaginava um desfile de usuários de drogas, prostitutas, ladrões, assassinos. As escolhas ruins e as tragédias que acometeram seus familiares também se abateriam sobre elas? Era possível escapar verdadeiramente daquele ambiente? Mas as perguntas mais importantes com as quais eu me debatia eram: e se ninguém demonstrasse interesse em adotá-las? O que aconteceria quando se tornassem velhas demais para continuar ocupando uma daquelas camas de ferro?

Às vezes eu fugia para o sótão do casarão, um lugar empoeirado com teto inclinado e janela redonda. De lá de cima eu conseguia observar em detalhes o vitral que ocupava a parte de trás da igreja. Como um quebra-cabeça luminoso, a cena exibia um menino Jesus deitado na manjedoura enquanto dois anjos com roupas esvoaçantes o admiravam. Ao anoitecer, quando as luzes da igreja se acendiam, fachos coloridos invadiam o sótão, transformando as paredes e o teto em uma espécie de Via Láctea cheia de estrelas e meteoros. Concentrada em suas cores e luminosidade, eu me imaginava despencar em um ambiente onírico.

Como quem guarda um segredo, carreguei para todos os lugares as luzes daquele aposento, e em muitas ocasiões sua lembrança me impulsionou diante das adversidades. Por muito tempo, o mundo ao meu redor se restringiu ao apartamento em que eu morava e à escola. De um lado, a tirania da minha mãe que contaminava tudo; do outro, a indiferença dos professores e a agressividade dos colegas de classe. A sensação de que algo se rompia e se reconstruía dentro de mim, sempre assumindo formas cada vez mais feias e terríveis, me preocupava. Frequentemente eu era assombrada pelo mesmo pensamento: minha presença era dispensável, se um dia eu desaparecesse ninguém perceberia. No entanto, a beleza das luzes do sótão me deslumbrava e me fazia intuir a existência de lugares em que a violência não imperava. Lugares em que a vida poderia ser misteriosa e fascinante.

Quando não fugia para o sótão, eu perambulava livremente pelo casarão. Folheava os livros da pequena biblioteca, ajudava a cozinheira a cuidar da horta, passava longos minutos no escritório de Irina, a diretora do orfanato. Adorava ouvir suas histórias enquanto realizava pequenas tarefas como localizar determinada pasta nos arquivos, grampear folhas ou organizar um conjunto de documentos em ordem alfabética. De acordo com a mulher, a ideia do nome para o orfanato lhe ocorreu em sua primeira visita ao local. Poucos dias antes de a prefeitura iniciar a reforma, o padre levou Irina para conhecer seu futuro ambiente de trabalho e mostrar as potencialidades do casarão. A visão de dezenas de pássaros empoleirados nas vigas de madeira do teto, nas janelas e nas escadas encheu seus olhos. O baque de uma porta batendo provocou uma revoada ao redor dos dois.

Irina possuía um passo pesado e uma voz grave que preenchia o ambiente. Todos respeitavam suas opiniões e buscavam seus conselhos. Em um primeiro momento, as crianças que chegavam ao orfanato sempre temiam sua presença, mas bastava ouvir sua risada cacarejante ou receber um de seus abraços apertados para a opinião mudar. Era uma mulher muito afetuosa, mas também sabia ser dura quando precisava, sobretudo ao testemunhar injustiças. Não sei o que exatamente Irina pensava sobre minha mãe, mas a expressão que tomava conta de seu rosto sempre que Andrea estava por perto parecia indicar que ela não confiava inteiramente em sua nova contratada.

Algumas semanas após começar a frequentar o orfanato, em uma tarde tomada por imensas nuvens douradas, presenciei mais um casal deixar o escritório de Irina com as faces molhadas de lágrimas. Àquela altura eu compreendia exatamente o que isso significava: a assistente social havia aprovado o pedido de adoção. Alguma criança ali dentro ganharia um novo lar. Deixaria para trás as roupas e os brinquedos usados, os travesseiros ásperos e as camas de ferro. Teria a chance de esquecer o que de ruim tivesse acontecido em seu passado. Poderia se tornar uma pessoa de todo diferente.

Da janela de uma sala vazia, observei com atenção o casal deixar o casarão e entrar em um carro parado do outro lado da rua. O veículo disparou em direção ao horizonte poente, rumo a um futuro cheio de esperança. Por algum motivo, não consegui me desvencilhar da imagem do casal às lágrimas, passei horas andando de um lado para o outro no casarão, imaginando quem seriam aquelas pessoas. Em um determinado momento, me recordei de uma conversa que travei com minha mãe alguns anos antes sobre um assunto que sempre me intrigara.

"Eu tenho um pai?", perguntei, temerosa. Andrea olhava para a televisão com olhos inexpressivos. Mesmo sem dizer uma palavra, sua obstinação em evitar esse assunto havia criado um verdadeiro campo minado ao nosso redor. Qualquer passo em falso era capaz de provocar uma grande explosão.

"Não seja estúpida. Todo mundo tem um pai", respondeu Andrea, evitando me encarar.

"Onde o meu pai está?"

"Ele está morto."

Silêncio.

"Quem ele era?"

"Um antigo namorado da época da escola. Agora fique quieta."

"Como ele se chamava?", quis saber, ignorando sua advertência. Meu coração batia acelerado dentro do peito. Essa era a primeira vez que Andrea deixava escapar uma informação sobre meu pai. No entanto, era difícil imaginar minha mãe apaixonada, esperando o namorado após a última aula do dia.

"Por que você está me fazendo essas perguntas?", questionou Andrea, os músculos da face vibrando. "Por que você quer me magoar?"

Antes que eu dissesse mais alguma coisa, Andrea afundou o botão do controle remoto para desligar a televisão e saiu da sala. Bateu a porta do seu quarto com um gesto brusco. Nos dias que se seguiram, ela me tratou como se eu fosse parte da mobília do apartamento, nem ao menos olhava na minha direção. Por outro lado, suas palavras reverberaram por dias nos meus pensamentos: *Por que você quer me magoar?*

Enfurecida pela lembrança daquela conversa, atravessei os corredores do orfanato às pressas e entrei na sala dos funcionários, deserta naquele horário. Abri uma das portas do armário de ferro que cobria uma das paredes e identifiquei os pertences de Andrea guardados ali dentro. Um blazer velho pendurado em um gancho, uma bolsa de couro falso, uma revista de fofocas. Peguei a bolsa e retirei do seu interior o sanduíche que minha mãe tinha preparado naquela manhã antes de deixar o apartamento. Abri o sanduíche (queijo com salada) e cuspi em cima do recheio.

Ao deixar a sala dos funcionários, não havia ninguém à vista no corredor, um som estranho prendeu minha atenção. Demorei alguns instantes para perceber que o que eu ouvia era uma risada contida, como se alguém tentasse se controlar. Apurei os ouvidos e andei na ponta dos pés em direção ao local de onde o som se propagava. A porta de uma sala se encontrava entreaberta, mas não era possível descobrir quem estava ali dentro sem revelar minha presença. Além do riso, ouvi uma voz masculina sussurrar palavras que eu não conseguia discernir. Aparentemente era o que esse sujeito dizia que fazia a outra pessoa rir. Congelei quando finalmente reconheci quem se divertia tanto dentro daquela sala. A maneira como minha mãe ria parecia indicar que algo ilícito acontecia do outro lado. Tão diferente da personalidade taciturna que Andrea oferecia ao mundo, me senti atordoada com essa súbita metamorfose. Assustada, me afastei às pressas do corredor.

A risada de Andrea ecoou nos meus ouvidos durante todo o resto da tarde. Uma certa despreocupação no seu tom de voz me fazia pensar que aquela não era a primeira vez que ela se encontrava naquela situação. À noite, quando a vi no apartamento, tentei decifrar seus gestos, mas não obtive qualquer resposta. De volta àquele silêncio irritadiço que Andrea normalmente ostentava, em nada ela parecia a mulher cheia de vitalidade que eu entreouvi no orfanato. O que acontecia dentro daquela sala de aula vazia? Quem era o sujeito que a divertia tanto? Por que toda a situação parecia tão perigosa?

Foi com o humor sombrio que no dia seguinte eu retornei ao orfanato, evitei o escritório de Irina e subi as escadas em direção ao sótão. Precisava da segurança daquelas paredes e do silêncio apaziguador do lugar para refletir sobre o que havia presenciado. Ocupando o assento da janela redonda, notei uma agitação no ar às minhas costas. Sobressaltada, me coloquei em pé novamente e descobri que não estava sozinha ali dentro.

Bastaram alguns segundos para eu perceber que o rapaz que me encarava do outro lado do sótão não era um dos órfãos que moravam ali, e que ele provavelmente havia entrado no orfanato às escondidas.

7

Atordoada por imagens do passado, demorei a notar que me observavam.

Um homem com uma ferida enorme em uma das pernas lançava olhares ávidos em minha direção. Sentado em um dos bancos daquela praça tomada por moradores de rua, o sujeito cutucava a ferida enquanto um sorrisinho malicioso despontava naqueles terríveis lábios escuros. Parecia me desafiar a sentir nojo de sua presença. O machucado não era recente; ao redor da fissura, a pele exibia feios tons esverdeados e uma gosma escorria do interior. Imaginei aquele corpo magro me pressionando contra o chão da praça. O peso dos seus ossos, o odor desagradável da sua boca queimando minhas narinas. Os olhos injetados prestes a saltar das órbitas. Repassei mentalmente o conteúdo da minha bolsa e descobri que uma caneta era o melhor objeto que eu possuía para me defender. Um arrepio percorreu meu corpo ao imaginar a sensação de penetrar sua carne com a ponta da caneta. A cicatriz na parte interna do meu braço direito queimou.

Antes que o homem decidisse vir na minha direção, me distanciei daquele lugar às pressas. Ainda não conseguia acreditar que o orfanato não existia mais, que demoliram o casarão para construir aquela praça feia. A lembrança de tardes passadas no sótão era tão vívida que parecia irreal pensar que aquele lugar fora destruído. Caminhei por mais alguns minutos, sentindo que pisoteava as memórias que surgiam pelo caminho.

Para onde vão as pessoas e as coisas quando elas desaparecem? É possível realmente desaparecer por completo? O que resta para aqueles que são deixados para trás? O que há do outro lado?

Afastei esses pensamentos ao perceber que ainda precisava decidir o que fazer com o corpo de Andrea. Tomei um táxi até o necrotério, assinei alguns papéis e liguei para o número da primeira funerária que encontrei na internet. Levou alguns minutos para o sujeito do outro lado da linha finalmente compreender que eu não queria organizar um velório ou adquirir arranjos florais. Seu tom de voz perdeu toda a amabilidade quando afirmei de maneira incisiva que eu ficaria satisfeita com o caixão mais simples que ele tivesse disponível. Que tipo de filha não faria uma despedida para a própria mãe?, era o que o sujeito provavelmente se perguntava.

"Não sinta tanta compaixão", eu disse, incapaz de me conter. "Ela tentou sequestrar uma criança dias antes de morrer." E joguei o celular dentro da bolsa após desligar.

Mais uma vez as ruas pareceram me levar de volta à casa de Andrea, como um labirinto que nos empurra sempre na mesma direção. Poucos instantes depois de me instalar naquele sofá velho, a campainha tocou. Descobri pelo olho mágico que era Célia. Cogitei ignorar a mulher e retornar ao sofá, mas decidi dar a notícia de uma vez por todas e me livrar dela. Dramática, Célia levou a mão à boca e chorou alto ao ouvir que o corpo de sua vizinha fora encontrado em uma praia. A velha tentou me abraçar, mas eu me libertei do seu toque dando alguns passos para trás. Assim como o agente funerário, ela não pareceu muito contente ao descobrir que eu não realizaria um velório.

"Não precisamos fingir que ela era uma boa pessoa", eu disse, interrompendo seu discurso sobre a importância daquela cerimônia. "Nunca foi uma boa mãe ou uma boa amiga. Por onde passou deixou um rastro de ressentimentos."

"Mesmo assim, qualquer pessoa gostaria..."

"Andrea não era qualquer pessoa. Que tipo de homenagem você espera que eu faça para alguém que tentou sequestrar uma criança pouco antes de morrer?"

Célia abriu a boca para contra-argumentar, mas logo reconsiderou o que pretendia dizer, estarrecida com a agressividade das minhas declarações. Resmunguei que precisava organizar os pertences de Andrea e bati a porta na sua cara antes que ela dissesse mais alguma coisa. Chutei com força uma das garrafas espalhadas pelo chão da cozinha. A garrafa rolou pelo piso enlameado até atingir a parede e quebrar. Eu não sou um monstro, era o que eu queria gritar tanto para Célia quanto para o agente funerário. Quando as pessoas parariam de pensar em mim como um monstro? Que diferença faria um evento com belas flores para uma pessoa tão destrutiva quanto Andrea?

Desde tenra idade, compreendi que existia algo em mim que repelia minha própria mãe. Por muitos anos tentei descobrir o que seria, por que tudo nela parecia indicar que eu não era bem-vinda. Durante seus rompantes de raiva, Andrea costumava dizer que eu era uma criança ardilosa, que fui um bebê raivoso cujo único objetivo era enlouquecê-la: chorava sem parar, me recusava a me alimentar do seu leite, não pregava os olhos durante a noite. Em minha lembrança mais antiga, Andrea aparecia encerrada dentro do próprio quarto enquanto o silêncio zumbia ao meu redor. Essa era uma cena recorrente em nosso cotidiano. Escondida do mundo, minha mãe me deixava sozinha no apartamento para lidar com as adversidades da vida sem qualquer tipo de ajuda. Durante horas, eu encarava a porta do seu quarto, revolvendo repetidamente os mesmos questionamentos: o que ela fazia lá dentro? Por que nunca me deixava entrar? Por que não queria estar comigo? Quando por fim saía, Andrea parecia constantemente desorientada, como se tivesse acabado de despertar em um ambiente desconhecido. Não sabia como lidar comigo, com seu trabalho ou com os homens com quem se relacionava. Andava pelo apartamento esbravejando, mexendo nos objetos e nos móveis, entrando e saindo dos cômodos. Tentar interpretar seus gestos era uma tarefa impossível, a natureza dos seus pensamentos se mostrava um enigma para mim. Da altura dos meus olhos infantis, ela parecia gigantesca. Dotada de um rosto enorme e deformado por sentimentos caóticos, ela gritava e cuspia ofensas ao menor sinal de provocação. Andrea não parecia uma pessoa de verdade, não parecia ela mesma se não estivesse me ferindo.

Ao longo dos anos, diversas vezes tentei imaginar o que sentiria ao receber a notícia de sua morte. Tristeza por nunca ter compreendido o que se passava em seus pensamentos? Raiva por ela ter me abandonado sem tentar uma reparação? Alívio por finalmente me ver livre de sua influência? Era espantoso, no entanto, notar a presença daquele vazio pesado como chumbo em meu peito.

Tentei começar a organizar os pertences de Andrea. Em um dos armários na área de serviço, peguei sacos de lixo para recolher os objetos quebrados espalhados pela casa. Dei início à empreitada pela sala. Poucos minutos depois, abandonei o saco no chão e procurei apoio no sofá, o espaço ao meu redor parecia girar. O ar fugia dos meus pulmões toda vez que eu me lembrava que o orfanato não existia mais, que em seu lugar havia uma praça imunda tomada por moradores de rua. Imaginar uma bola de demolição atingindo as paredes e abrindo buracos imensos em sua superfície parecia absurdo demais para ser real, soava como uma cena de um filme surrealista. Aquele lugar tinha sobrevivido por tantos anos, o que levara à decisão tão drástica de demolir o edifício? Por que Irina havia deixado isso acontecer? Onde ela estava? As lembranças do casarão continuavam rodopiando como um caleidoscópio diante dos meus olhos. O casal deixando o orfanato com lágrimas correndo pelo rosto, a risada vulgar de Andrea ecoando por um corredor vazio, o encontro inusitado no sótão.

Era impossível pensar no orfanato sem me lembrar dele. Ainda sinto a apreensão e o medo que sua presença me causou naquele primeiro dia. Ao perceber que eu não estava sozinha no sótão, que havia um garoto da minha idade me encarando com olhos esbugalhados do outro lado do cômodo, as preocupações que povoavam meus pensamentos se dissolveram no ar em poucos segundos. Aquela era a primeira vez que o via pelo casarão. Era um novo residente? Eu conhecia cada criança que vivia sob aquele teto. O que ele fazia ali? Como ele tinha entrado?

Tudo o que aconteceu a partir daquela tarde no sótão retornou ao primeiro plano da minha consciência, como bolhas de ar explodindo na superfície de um lago sereno. Não nos víamos ou tínhamos notícias um do outro havia dezoito anos. Por onde ele andava? Ainda estava vivo? A ideia de que poderia ter morrido parecia inconcebível, devastadora demais. Tão absurda quanto a destruição do orfanato.

Ainda pensando na tarde em que nos conhecemos no sótão, peguei meu celular e realizei uma busca na internet que me consumiu longos minutos. Quando por fim descobri seu perfil em uma rede social, notei que não havia muitas informações pessoais ou fotografias recentes. Deixei uma mensagem curta, esperando não ser ignorada. Apesar de ter envelhecido, seu rosto era praticamente o mesmo, o que provocou um afago triste em meu peito.

Sua resposta apareceu em minha caixa de mensagens em menos de uma hora. Quase não acreditei quando vi seu nome piscar na tela do meu celular. Ele realmente estava do outro lado me enviando mensagens? Aquela pessoa vaporosa que existia apenas nas minhas lembranças podia se converter em uma figura de carne e osso? Verifiquei seu perfil naquela rede social três vezes até me convencer de que eu não havia me enganado. Por alguns minutos, conversamos amenidades. Meu coração deu um salto dentro do peito quando ele revelou morar no centro da cidade. Não estávamos tão longe um do outro. Temerosa, sugeri um encontro. O que eu faria se ele não quisesse me ver? Sua resposta demorou um tempo penosamente longo para chegar, como se ele ponderasse o que fazer.

"Você se importa de vir até o meu apartamento?", ele escreveu.

"Claro que não. Se você estiver livre, posso aparecer hoje à noite", respondi.

"OK."

Localizado no centro da cidade, em uma área suja e altamente perigosa, o prédio em que ele morava era antigo e malconservado. A portaria escura e apertada tinha um carpete esburacado e sujo. As paredes possuíam manchas feias de infiltração. A lâmpada do teto vibrava, como se estivesse prestes a explodir. Um cheiro forte de roupa molhada dominava o ambiente. Por alguns instantes, cogitei dar meia-volta e ir embora. O que tinha acontecido ao longo dos dezoito anos em que estivemos separados para ele terminar em um lugar como esse? Entrei no elevador esperando não acabar presa entre um andar e outro.

Seu apartamento ficava no décimo segundo andar, no final de um corredor longo e estreito. A iluminação não era boa, as lâmpadas no teto emitiam uma luz fraca e amarelada. Uma janela minúscula permitia ver outros edifícios semelhantes àquele. O prédio parecia estar vazio, não se ouvia qualquer tipo de som. Ao parar diante de uma porta lascada, respirei fundo algumas vezes, ainda sem acreditar que estava prestes a revê-lo depois de tantos anos, ainda desconfiando de que esse encontro era um delírio.

A campainha estridente ecoou melancólica pelo corredor. A porta rangeu ao abrir: primeiro uma fresta, depois ela toda. Um homem de rosto cansado me encarou com olhos esbugalhados do outro lado.

"Ana."

"Benjamim."

"Por favor, entre."

Naturalmente rouca desde a infância, sua voz havia se tornado ainda mais grave ao longo dos anos. Desviei o rosto ao entrar no apartamento, em uma tentativa desesperada de disfarçar a surpresa que me acometia. Embora tivéssemos a mesma idade, Benjamim exibia uma aparência assustadoramente envelhecida. Profundas marcas de expressão, barba por fazer, manchas de acne malcuidada, cabelo despenteado. Dentro de roupas largas amarrotadas, sua magreza se destacava. Notei a ausência de cílios em seus olhos.

O apartamento não era sujo ou desorganizado, mas os móveis velhos e as paredes encardidas tornavam o lugar pouco convidativo. Um aparador sustentava pilhas de livros em um canto. Não havia quadros, objetos de decoração ou plantas. As janelas estavam fechadas e o ar ali dentro era sufocante. Se eu vivesse ali, jamais receberia visitas. Ou Benjamim não se importava em exibir seu desleixo ao mundo ou a ideia de colocar os pés na rua era assustadora demais para ele.

Benjamim me ofereceu água e eu aceitei esperando que aliviasse o nó que apertava minha garganta. Cometi um erro, pensei, sentada naquele sofá cheio de calombos, não devia ter entrado em contato com ele, não devia ter sugerido esse encontro. Ainda que sua aparência encerrasse qualquer dúvida, eu não conseguia me livrar do pensamento de que aquele homem não era a pessoa que eu havia conhecido anos antes, no sótão do Orfanato Retiro dos Pássaros.

"O orfanato não existe mais", eu disse, quebrando o silêncio incômodo que nos envolvia. "Passei por lá hoje."

Benjamim sorriu triste: "Você é corajosa".

"Você sabe o que aconteceu? Por que demoliram o casarão?"

"De acordo com o que li alguns anos atrás, parece que o orfanato entrou em decadência e fechou as portas pouco depois do falecimento da Irina", disse Benjamim, após pigarrear para limpar a garganta. "Durante algum tempo, moradores de rua, prostitutas e usuários de drogas ocuparam o lugar. A polícia era chamada o tempo todo por causa da algazarra que eles criavam. Uma noite, o casarão simplesmente pegou fogo. Disseram que a fiação elétrica era antiga demais e entrou em curto, mas eu não acredito nisso. Provavelmente alguém incendiou o lugar para se livrar das pessoas que viviam ilegalmente ali. O terreno ficou abandonado durante muitos anos até ser transformado em uma praça."

Irina morta? Quando isso aconteceu? Mesmo sabendo que a mulher teria por volta de oitenta anos se ainda estivesse viva, essa informação me deixou aturdida. Imagens dos cômodos do casarão ocupados por colchões imundos, varais improvisados sustentando roupas velhas nos corredores, lixo por todos os lados e móveis quebrados assaltaram meus pensamentos. Imaginei um sujeito qualquer injetando drogas na veia em uma das antigas salas de aula com amplas janelas. Conseguia sentir o cheiro de suor e sujeira envenenando o lugar. Pensar em chamas furiosas lambendo as paredes do casarão provocava ainda mais pesar.

Para evitar mais menções ao orfanato, Benjamim comentou sobre os anos em que morou fora do país. Poucos meses após alcançar a maioridade, ele se candidatou a uma bolsa de intercâmbio oferecida pelo Consulado francês para estudar em Paris. Quando a bolsa terminou, ele permaneceu na cidade por alguns anos, antes de retornar ao Brasil. A conversa mais uma vez pareceu esbarrar em um abismo quando questionei o motivo do seu retorno. Tive a impressão de que uma cortina desabava sobre seu rosto.

"Voltei por causa de uma oportunidade de trabalho, faço traduções do francês para uma editora", respondeu, por fim, desviando o olhar.

Encarar o rosto desgastado de Benjamim me fazia sentir estranhamente exposta. Durante muito tempo invejamos as crianças que viviam no orfanato. Não era segredo que todas elas tinham vindo de lares desestruturados e algumas até correram risco de vida antes de ocupar uma daquelas camas de ferro. Mas o ambiente no orfanato era carregado de esperança. Fantasiávamos com a ideia de sermos órfãos. Desejávamos a aparição de alguém que nos levaria para longe de nós mesmos, apagando nossas histórias pregressas num piscar de olhos.

Não dissemos nada por alguns instantes.

"Você está bem de saúde...?", perguntei, incapaz de me conter.

"É só uma gripe que não quer ir embora", ele respondeu, novamente forçando um sorriso. Notei que ele ainda tinha aquela cicatriz antiga em uma das sobrancelhas. "Como está Andrea?"

"Andrea morreu", eu disse, secamente. E contei tudo o que havia acontecido nos últimos dias. O corpo encontrado na praia, os níveis altíssimos de álcool em seu sangue, a casa imunda, a tentativa de sequestrar uma criança. "Não nos víamos há cinco anos. Hoje ela foi enterrada."

"Eu sinto muito por tudo isso, Ana", disse Benjamim. Ele parecia realmente muito perturbado com o que ouvira. Sem compreender bem o motivo, tive vontade de inventar detalhes sórdidos e escatológicos sobre o que tinha acontecido com Andrea apenas para ver a aversão e o incômodo em seu rosto.

Notei um tremor desconfortável em minhas mãos. Fingindo interesse por um dos seus livros, levantei do sofá e dei as costas para Benjamim. De repente aquele apartamento de paredes manchadas, móveis velhos e livros empoeirados me pareceu muito triste. Imaginei Benjamim circulando nele durante a madrugada, o eco dos próprios passos reverberando nas paredes, as horas se arrastando longamente em um relógio antigo. A vida que eu levava não era muito diferente. Na época em que convivemos no orfanato, sonhamos com uma realidade luminosa, fizemos planos juntos, nos atrevemos a cultivar esperança. Fomos crianças que intimamente desejavam coisas, lugares, pessoas e afetos como quem deseja água ao longo de uma travessia pelo deserto. Nada saiu como imaginamos.

"Acho que eu sei por que você me procurou depois de tantos anos", disse Benjamim, como se tivesse lido meus pensamentos. Uma expressão triste dominava seu rosto. "Você quer saber o que teria acontecido se nosso plano tivesse dado certo. Onde estaríamos hoje se aquela noite tivesse se desenrolado de maneira diferente."

Não respondi. Sobre o aparador onde ficava a maior parte dos seus livros, encontrei um exemplar velho e surrado de *O morro dos ventos uivantes*. A capa mostrava um casarão gótico no alto de uma colina. Benjamim carregava aquele livro para todos os lados quando éramos crianças. No decorrer dos anos, tentei reler essa história diversas vezes, mas sempre desistia porque me fazia pensar demais em nossa amizade perdida.

"As lembranças mais preciosas que eu guardo são de coisas que nunca aconteceram", disse Benjamim, sua voz soando como se ele estivesse a quilômetros de distância. "Você não precisava ter desaparecido. Quando soube pelo noticiário o que aconteceu, me senti devastado, simplesmente não conseguia acreditar. Mas eu nunca teria me voltado contra você. Eu teria entendido."

8

"Você é um fantasma?", perguntei, as palavras saindo da minha boca antes que eu percebesse. Do outro lado do sótão, um garoto de olhos esbugalhados me encarava, um livro apertado contra o peito.

Tão assustado quanto eu, ele balançou a cabeça em negativa no mesmo instante, ansioso por esclarecer a questão. Na penumbra do lugar, sua palidez irradiava, como se uma aura cintilante revestisse sua pele. Magro, cabelos longos e desalinhados, olhos negros ávidos; ele lembrava um gato de rua. Não era bonito, mas algo em sua aparência instigava a curiosidade. Suas roupas eram largas e velhas demais, provavelmente herdadas de outra pessoa em sua família.

"O que você está fazendo aqui?" Ainda que ele parecesse inofensivo, não baixei a guarda. Pretendia mostrar que eu não me intimidava com facilidade.

O garoto apertou ainda mais o livro contra o peito, como se fosse um colete salva-vidas: "Preciso de um lugar para me esconder, não posso voltar para casa".

"Onde você mora?"

"Na casa ao lado", ele respondeu, mordendo os lábios finos. Sua voz tinha uma rouquidão que contrastava com a aparência frágil.

"Como você chegou aqui?" A porta de entrada do orfanato ficava sempre trancada. Era preciso tocar a campainha e aguardar que a passagem fosse liberada por Tomás, o rapaz de vinte e poucos anos que também realizava reparos no casarão. Ao destrancar a porta para mim, ele sempre exibia uma expressão desagradável no rosto, como se eu o tivesse interrompido no meio de algo muito importante. Por que ele deixaria um garoto desconhecido entrar sem autorização?

"Por ali", e indicou com a cabeça a janela atrás de mim. "Vim andando pelo telhado da minha casa."

Por um momento, não respondi. Era difícil imaginar um garoto tão franzino como aquele escalando paredes e saltando telhados.

"Por que você precisa de um lugar para se esconder? Onde está sua família?"

"Não fiz nada errado, não cometi nenhum crime", ele respondeu, encarando os próprios pés enquanto chorava baixinho. "Por favor, não me faça ir embora... não me faça voltar para casa..."

Uma pedra de gelo aterrissou em meu estômago. As lágrimas, as mãos trêmulas, a palidez em seu rosto, reconheci naquele garoto algo que eu secretamente cultivava em meu peito: o desejo sufocante de escapar para um lugar distante, um lugar onde ninguém me conhecesse, um lugar onde ninguém conhecesse minha mãe.

"Como você se chama?", perguntei, engolindo em seco.

"Benjamim", ele respondeu, após secar os olhos com a camisa de flanela. "E você?"

"Ana."

Silêncio.

"Você gosta deste lugar, não é?", perguntou Benjamim. "Já te vi algumas vezes aqui em cima."

"Você andou me espionando?", perguntei, apreensiva. Escondida no sótão, observando pela janela redonda os vitrais da igreja, os brinquedos de ferro, as casas ao redor do orfanato, eu me sentia invisível, quase como se possuísse um poder secreto.

"Não!", ele se apressou em responder. "Olha, eu não estava fazendo nada esquisito. Eu apenas via você da janela do meu quarto. Sempre que a encontrava neste sótão, eu me sentia um pouco menos solitário..."

"Nunca se perguntou por que eu estava sempre sozinha aqui em cima?", questionei, em tom de desafio. Do lado de fora, vi algumas crianças do orfanato se aproximando dos brinquedos de ferro que ocupavam a parte de trás do casarão. Balanços, gangorras, escorregador.

Benjamim deu de ombros: "Também estou quase sempre sozinho".

"Por que você decidiu se esconder justamente aqui?"

"Eu não sabia para onde ir... Sempre gostei deste casarão. Queria ver como ele é por dentro."

"Por dentro ele é velho e empoeirado", respondi, mordaz. Não era o que eu realmente pensava do casarão, mas existia algo dentro de mim que sempre me impelia à maldade.

"Minha casa também é velha e empoeirada", disse Benjamim, tentando sorrir.

"Eu não sou como as crianças daqui."

"Como assim?"

"Eu não moro aqui. Não espero ser adotada. Minha mãe trabalha no orfanato."

Benjamim assentiu, e mais uma vez deixamos o silêncio nos envolver. Com a cabeça inclinada para o lado, ele levou uma das mãos aos olhos e puxou delicadamente os cílios até arrancar alguns fios. Tive vontade de recolher os cílios que ele deixou no chão. Em cima do olho direito, uma cicatriz grossa atravessava sua sobrancelha.

"Por que você está carregando esse livro?", perguntei.

"É só um livro de que eu gosto. Estou morrendo de fome. Consegue arranjar algo para eu comer? Estou escondido aqui desde a noite passada."

Concordei com a cabeça, mas não me movi. Não deve ter sido fácil passar a noite naquele sótão empoeirado, pensei. A luz prateada da lua invadindo o cômodo, os móveis velhos desenhando sombras assustadoras no escuro, o vidro da janela vibrando com a força do vento. Visualizei Benjamim como um gato, enrodilhado em si mesmo sobre aquele piso sujo. Algo realmente terrível deve ter acontecido em sua casa para ele preferir passar a noite ali. Todos naquela região conheciam a péssima fama do sujeito que ocupava a propriedade ao lado do orfanato. Frequentemente eu ouvia pelos corredores algum comentário sobre ele: bebedeiras intermináveis, discussões violentas com estranhos, dificuldade em permanecer muito tempo em um mesmo emprego. Quando o via perambulando pelas ruas, passo arrastado, olhar vazio, roupas manchadas de suor, eu temia por uma explosão repentina. Reconhecia em seu rosto a mesma loucura que tomava conta das faces de Andrea quando bebia demais. Emparelhada com o orfanato, sua casa era pequena, as janelas estavam o tempo todo fechadas e nenhum som parecia deixar seu interior. Era difícil imaginar que ali dentro também vivia uma criança. Esse homem seria o pai daquele garoto?

Os olhos de Benjamim me encaravam com avidez, sondando cada centímetro do meu rosto. O que eu pensava naquele momento? Eu o ajudaria ou o denunciaria? Não me sentia confortável com a perspectiva de esconder um segredo de Irina, a mulher tinha um olhar capaz de desnudar qualquer um. Não era difícil imaginar o que ela faria se eu revelasse que havia um menino escondido no sótão do seu orfanato. Provavelmente não pensaria duas vezes antes de entrar em contato com o pai do garoto.

"Vou até a cozinha tentar pegar algo pra você", respondi, por fim.

Deixei o sótão sob uma chuva de agradecimentos. Desci as escadas saltando os degraus de dois em dois e percorri os corredores vazios enquanto ouvia a algazarra que as crianças faziam do lado de fora. Para a sorte de Benjamim, a mulher que preparava as refeições não estava na cozinha naquele momento. Tentando não fazer muito barulho — não queria imaginar o que aconteceria se Tomás ou qualquer outro funcionário me encontrasse ali —, abri a geladeira, preparei sanduíches e peguei biscoitos e frutas na despensa. Enquanto subia as escadas com os braços cheios de comida, me perguntei por que eu me arriscava tanto para ajudar aquele garoto.

Quando viu o que eu trazia, Benjamim pareceu prestes a irromper em lágrimas. O garoto devorou um dos sanduíches em poucos minutos. Ao se voltar para o segundo, eu o aconselhei a não consumir tudo de uma vez, não sabia quando teria outra oportunidade de encontrar a cozinha vazia. Enquanto comia, ele largou aquele livro velho pela primeira vez. De longe, li o título que ocupava a capa: *O morro dos ventos uivantes*.

"Posso te mostrar uma coisa?", perguntou Benjamim.

Concordei com a cabeça. Não consegui decifrar a expressão em seu rosto, suas feições pareciam tomadas por uma ânsia estranha.

Em silêncio, Benjamim puxou uma das pernas da calça e revelou feios hematomas em sua pele. A região machucada estava inchada e parecia muito dolorida. Como uma aquarela abstrata, a coloração do ferimento variava entre o vermelho, o roxo e o amarelo. Não era uma visão agradável, me fazia imaginar a violência que provocara aquilo.

"Como você arranjou esses ferimentos?", perguntei, a garganta seca. "Alguém em sua casa fez isso?"

Benjamim assentiu com um movimento de cabeça quase imperceptível. Quando perguntei se aquilo havia sido obra de seu pai, o garoto pareceu surpreso. No entanto, esse sentimento não pareceu durar muito tempo, logo em seguida seu rosto assumiu uma expressão resignada. A péssima fama do pai não era algo estranho para ele. Não dissemos nada por alguns instantes. Um brilho lacrimoso tomou conta dos olhos de Benjamim. Trêmula, afastei uma das mangas da minha camisa para revelar hematomas semelhantes aos seus em um dos braços. Surpreso, o garoto abriu a boca para dizer alguma coisa, mas, incapaz de encontrar as palavras que desejava, voltou a fechá-la. A brutalidade de Andrea era algo que eu sempre tinha escondido dos outros, admitir o que acontecia em nosso apartamento me envergonhava e entristecia. O que pensariam de nós duas? No entanto, experimentei naquele momento uma sensação de alívio que eu nunca sentira antes, como se finalmente tivesse arrancado um espinho de um dos dedos.

"Sua mãe sabe sobre...?", perguntei, indicando o ferimento em sua perna.

Uma sombra atravessou seu rosto: "Ela morreu há muitos anos. Câncer. Praticamente não a conheci."

"Você não se preocupa com o que pode acontecer se o seu pai te encontrar?"

"Ele está sempre tão bêbado. Provavelmente vai levar dias até perceber que não estou no meu quarto."

Conversamos por mais alguns minutos até ouvirmos as badaladas dos sinos da igreja. Era hora de ir embora, aquele som marcava o fim do dia no orfanato. Benjamim pareceu apreensivo com a perspectiva de passar outra noite sozinho ali. Prometi retornar no dia seguinte, assim que minhas aulas terminassem.

Antes de deixar o sótão, dei uma última olhada em Benjamim para ter certeza de que ele não era um devaneio da minha mente. Parado diante da janela circular, os pássaros agitados do lado de fora por conta das badaladas dos sinos da igreja, ele também me encarava. Talvez o garoto se perguntasse o mesmo que eu naquele momento: ela é real? Ela vai desaparecer para sempre depois que cruzar aquela porta? Timidamente, ele acenou com uma das mãos. Não retribuí o gesto.

Dei as costas e desci as escadas, incapaz de me livrar daquela sensação de atordoamento. A realidade se mostrava cada vez mais misteriosa e difícil de acompanhar. Os órfãos que chegavam e partiam, o encontro secreto de Andrea em uma das salas de aula do orfanato, o aparecimento de Benjamim no sótão.

O pôr do sol se derramava por uma das janelas do corredor principal do orfanato. O topo da casa de Benjamim era perfeitamente visível do lugar em que eu estava. Ao revelar os feios hematomas em sua perna, o ar ao nosso redor pareceu se rearranjar, como se algo passasse entre nós dois.

Os sinos da igreja ainda badalavam, e eu sentia que deixava para trás uma parte de mim que jamais teria de volta.

9

O pescoço do pássaro desenhava uma curva anormal no chão. Deitado com o peito para cima e as asas abertas, o animal exibia uma fenda profunda no corpo. Notei que o sangue ainda não estava coagulado, o que indicava que ele tinha morrido havia pouco tempo. Como conseguira aquele corte? Ele era um pouco menor que a minha mão, tinha olhos negros, bico curto e penas amarronzadas.

Ainda que fosse desconfortável encarar aquele pescoço quebrado, não consegui despregar os olhos do pássaro morto. Senti uma profunda tristeza ao imaginá-lo despencando do céu: o corpo rodopiando no ar em direção ao chão, as asas balançando de maneira desengonçada, penas se desprendendo. Os prédios e as casas cada vez mais próximos. O baque surdo ao atingir a calçada vazia.

Os postes de iluminação projetavam uma luz amarelada e fraca, incapaz de dissipar a penumbra que se espalhava pela rua. As portas e as janelas fechadas dos prédios despertavam em mim uma sensação ruim, como se as pessoas que viviam ali ocultassem algo maligno em seus apartamentos. Verifiquei se não havia ninguém por perto antes de me abaixar para tocar o animal. Assustada com a fragilidade daquele corpo frio, guardei o pássaro dentro da minha bolsa e me afastei às pressas daquela rua.

Ao me aproximar da casa de Andrea, notei que as minhas mãos estavam sujas de sangue.

Tropecei nas garrafas vazias abandonadas no chão da cozinha ao entrar em casa. Tateando os cômodos como uma cega, levei um tempo consideravelmente longo para encontrar o banheiro. O espelho sobre a pia tinha um brilho prateado no escuro. Não acendi as luzes, tive medo de me deparar com o reflexo de outra pessoa me encarando. Minha respiração soava pesada e profunda.

Preocupada com a possibilidade de ferir ainda mais aquele corpinho frágil, retirei com cuidado o pássaro de dentro da minha bolsa e, delicadamente, comecei a limpar suas penas na água fria. Como uma mãe ao dar banho em seu filho recém-nascido pela primeira vez. Sem perceber, imaginei que o pássaro não estava morto, que ele apenas dormia profundamente em minhas mãos. Com o que estaria sonhando? Que ainda era capaz de voar? Sonhava com uma mulher limpando suas penas? Sorri, satisfeita com essa ideia: não sou real, não sou feita de carne e osso. Sou apenas o sonho de um pássaro.

Ainda com muita delicadeza, sequei suas penas com um chumaço de papel higiênico e o levei para a sala. Deitei o animal no sofá, tomando cuidado para não danificar ainda mais seu pescoço. Os sons da rua chegavam indistintos, um eco de um mundo distante. Deslizei um dedo trêmulo no rostinho minúsculo do pássaro. Notei que eu conseguia me ver refletida em seus olhos.

Naquele momento, tive uma dificuldade enorme em distinguir o que era realidade e o que era sonho, o que pertencia ao passado e o que havia acabado de acontecer. Aquele reencontro com Benjamim não era imaginação? Dezoito anos nos separavam daquela tarde em que tínhamos nos visto pela primeira vez no sótão do orfanato. *Você é um fantasma?*, eu perguntei a ele. Mesmo depois de tanto tempo, a dúvida permanecia. Talvez eu também fosse um fantasma. Talvez estivéssemos mortos, mas ainda vivos.

Não sei quanto tempo fiquei em silêncio segurando seu livro, parada como uma estátua de mármore em sua sala, o eco das suas palavras nos envolvendo. *Quando soube pelo noticiário o que aconteceu, me senti devastado, simplesmente não conseguia acreditar. Mas eu nunca teria me voltado contra você. Eu teria entendido.* Trêmula, devolvi *O morro dos ventos uivantes* ao móvel com os outros livros e perguntei onde ficava o banheiro, visivelmente transtornada. Benjamim pareceu desorientado ao indicar a última porta do corredor, claramente não entendia o que havia dito de errado. A tranca da porta do banheiro estava quebrada, o que me deixou ainda mais perturbada. Não havia lugar onde me esconder. Não conseguia acreditar que aquele homem envelhecido e triste era o garotinho assustado que eu encontrara escondido no sótão do orfanato. Apoiada na pia, me contorci em agonia enquanto tentava sorver o ar ao meu redor. Tudo teria sido diferente se eu soubesse que Benjamim não me considerava um monstro?

De repente me vi tomada por uma fúria incontrolável. Não era verdade, Benjamim não teria entendido. Ele dizia isso agora porque acreditava que o que acontecera dezoito anos atrás não importava mais, que aquela noite estava distante demais para nos afetar. Tenho certeza de que ele pensou o mesmo que todo mundo quando viu meu rosto na televisão: eu era uma criança maligna.

Remexi o conteúdo das gavetas debaixo da pia, peguei as cartelas de comprimidos que encontrei ali dentro e as atirei na privada. Ao apertar a descarga, vi os medicamentos rodopiarem na água turva antes de desaparecerem. Não sabia para o que serviam, mas esperava que Benjamim adoecesse ainda mais sem eles, que enlouquecesse de dor durante a noite. Ainda insatisfeita, abaixei a calça e urinei no tapete que havia perto da pia. Ao retornar à sala, me despedi de maneira fria e apressada. Não esperei que Benjamim abrisse a porta para mim e saí esbaforida sem olhar para trás. Caminhei por horas até me aproximar daquela rua vazia com o pássaro morto abandonado no chão.

Não sei dizer por quanto tempo continuei acariciando as penas do pássaro. Depois de alguns instantes, deitei ao seu lado e, mesmo sentindo fome e precisando tomar banho, adormeci lentamente.

Durante boa parte da noite, sonhei que rodopiava no ar entre assustadoras formas azuladas. Demorei a compreender que na verdade me encontrava debaixo d'água, e que as formas azuladas eram ondas agressivas açoitando meu corpo enquanto me puxavam para o fundo do oceano. O esforço que eu fazia para não deixar a água gelada me dominar parecia real, assim como aquela queimação intensa que consumia meu peito. Despertei com um grito entalado na garganta, ainda sentindo o gosto de sal na boca, ainda com dificuldade para respirar.

Do lado de fora, a escuridão começava a adquirir tons alaranjados. A visão do pássaro morto ao meu lado me deixou arrasada. Chorei silenciosamente enquanto levava aquele corpinho frágil de volta ao banheiro e o depositava na pia. Retornei à sala sem saber o que fazer, incapaz de aquietar os pensamentos para voltar a dormir. Por que eu ainda estava naquela casa? Por onde começar a empacotar os pertences de Andrea? Doaria as roupas que ainda estavam em bom estado ou as jogaria no lixo? O que faria com o desenho dos pássaros multicoloridos que Andrea surrupiou do orfanato? Larguei-me pesadamente no sofá. O chão não parecia firme o suficiente para me manter em pé. Demoraria quanto tempo para que o corpo do pássaro começasse a apodrecer?

Algumas horas mais tarde, peguei minha bolsa e saí para ir ao supermercado. Precisava comprar algo para comer, as torradas que tinha encontrado no armário da cozinha finalmente haviam acabado. Enquanto trancava a porta da rua, o carteiro se aproximou com um maço de cartas na mão e perguntou se eu morava ali. Quando confirmei com a cabeça, ele me entregou a correspondência de Andrea. Ver seu nome impresso nos envelopes me deixou agitada, como se isso confirmasse que ela ainda estava viva.

Poucas pessoas circulavam pelo supermercado naquele horário. Longos corredores vazios, luzes brancas que ardiam os olhos, frio intenso. Como se tudo estivesse escrito em uma língua desconhecida, me vi incapaz de encontrar os produtos que desejava. Atravessei os corredores sem saber onde eu estava, presa em um gigantesco labirinto luminoso. Enchi os braços com alimentos escolhidos ao acaso e me dirigi às pressas aos caixas de pagamento. Ao abrir a bolsa para pegar minha carteira, descobri que seu interior estava sujo com o sangue do pássaro.

De volta à casa de Andrea, guardei as compras do supermercado na geladeira e nos armários. Tirei da bolsa a correspondência que o carteiro me entregou e larguei tudo sobre a mesa da sala. Contas das companhias de luz, água, gás e telefone. Quando morei naquela casa, o telefone raramente tocava, ninguém parecia interessado em conversar conosco ou saber como estávamos. Esquecido e empoeirado, o aparelho parecia apenas um objeto de decoração. Comecei pela conta da companhia de telefone e a abri. Em um primeiro momento, acreditei que alguém havia cometido um erro, as letras e os números não formavam combinações coerentes, não era possível ler o que estava escrito ali. Mas a confusão se desfez quando pisquei algumas vezes e olhei o papel com atenção.

"Não há nada aqui", sussurrei para mim mesma, surpreendentemente frustrada.

Antes de devolver a conta à mesa, uma informação chamou minha atenção. Notei que um determinado número telefônico aparecia repetidamente nos registros de ligações efetuadas. Em um único dia, Andrea ligou vinte e oito vezes para o mesmo número. As ligações duravam poucos segundos e algumas haviam sido feitas em horários como três e cinco horas da manhã. Dia após dia, semana após semana, o mesmo número se repetindo ao longo da conta.

Tomada por um impulso incontrolável, peguei o telefone da casa de Andrea e disquei aquele número. Ao atender a chamada, a pessoa do outro lado soltou uma respiração ruidosa, e eu compreendi no mesmo instante que havia cometido um erro.

"Quem está aí?", berrou uma voz feminina cheia de apreensão. "Quem está aí? O que você quer com a minha família? Pare de ligar ou eu entrarei em contato com a polícia!"

A mulher desligou com um baque violento.

Tremendo, larguei o aparelho sobre a mesa como se tivesse recebido uma picada de um animal peçonhento.

10

A distância entre o orfanato e o apartamento em que morávamos podia facilmente ser percorrida a pé em menos de trinta minutos. Naquele início de noite, o céu estava tomado por estrelas e o trânsito parecia mais barulhento que o habitual. Por algum motivo, a visão das luzes acesas nas casas e nos edifícios ao nosso redor me deixou melancólica, uma sensação profunda de solidão e medo. Andrea caminhava em silêncio à minha frente, passos firmes, ansiosa por chegar em casa. Perdida em pensamentos confusos, o mundo diante dos meus olhos parecia um borrão. Por três vezes, trombei desajeitada em Andrea. "Por que você não olha por onde anda?", ela esbravejou na terceira vez.

Quando finalmente chegamos, Andrea seguiu em direção ao próprio quarto e bateu a porta ao entrar. Era provável que eu não voltasse a vê-la naquela noite. Os cômodos silenciosos do nosso apartamento pareceram estranhamente agigantados. Toda a situação que se desenrolara no sótão do orfanato fora tão incomum. Tantas vezes estive naquele espaço, jamais imaginaria encontrar um garoto ali escondido. As roupas largas e velhas, o livro pressionado contra o peito, os dedos trêmulos arrancando os cílios dos olhos. Eu não sabia como explicar para mim mesma o que tudo isso significava, por que sua imagem me causara tanta impressão. *Por favor, não me faça ir embora... não me faça voltar para casa...*

Levei horas até conseguir adormecer. Sonhei que precisava fugir de cobras imensas que me perseguiam pelos corredores do orfanato. Exausta por ter dormido tão pouco, não despertei quando deveria. Andrea precisou me acordar aos gritos antes que eu me atrasasse demais para a primeira aula. Com os pensamentos embaralhados e o coração agitado, me troquei rápido e deixei o apartamento me perguntando se ainda estava sonhando.

Os alunos já estavam dentro das salas quando cheguei à escola. Ciente de que isso me atrasaria ainda mais, decidi entrar na biblioteca por alguns minutos. Demorei a localizar o que eu procurava, muitos livros fugiam à organização em ordem alfabética. Por alguns instantes, cogitei sair sem registrar o empréstimo do livro, não queria que a bibliotecária visse o que eu tirara das estantes. A mulher folheava uma revista de maneira desinteressada, mal olhando as páginas antes de passar para a próxima. Não me dirigiu uma palavra enquanto preenchia a ficha de empréstimo. Como se o livro fosse uma prova legítima da existência de Benjamim, deixei a biblioteca agarrada a uma edição antiga de *O morro dos ventos uivantes*.

Entrei na sala de aula quase vinte minutos atrasada, sob uma chuva de reprimendas do professor. Senti meu rosto queimar enquanto aquele homem amargo enumerava cada nota ruim que eu havia tirado desde o início do ano. "Se você espera melhorar esse triste desempenho, sugiro que chegue mais cedo nas próximas aulas", ele concluiu, com um sorriso sádico no rosto. Procurei uma carteira vazia no fundo da sala e, enquanto todos copiavam os exercícios do quadro-negro, abri o livro que peguei da biblioteca. Descobri naquelas páginas manchadas uma história soturna sobre dois jovens que desenvolviam ao longo dos anos uma relação conturbada de consequências dramáticas.

As horas transcorreram lentamente durante aquela manhã. Nos momentos em que minha atenção não estava voltada para o livro, ela pendia em direção ao relógio sobre o quadro-negro.

Em um determinado momento, me perguntei se ele estava com defeito, os ponteiros não pareciam se mover na velocidade correta. Quando a aula finalmente terminou, fui a primeira a deixar a sala, ignorando o olhar de reprovação do professor. Venci os quarteirões que me separavam do orfanato correndo entre os carros e os transeuntes, sem dar atenção aos xingamentos lançados em minha direção. Tomás pareceu demorar mais do que o habitual para liberar a minha entrada no casarão. Eu ainda estava ofegante quando parei diante da porta de entrada para o sótão. *Por favor, que não tenha sido uma fantasia, que ele ainda esteja aí dentro*, implorei em silêncio para ninguém.

Ao abrir a porta, encontrei Benjamim encolhido no assento da janela. Como besouros acossados, seus olhos rodopiaram na minha direção. Aproximei o dedo indicador da boca para pedir que ele fizesse silêncio. O eco naquele casarão velho percorria grandes distâncias. Fechei a porta com cuidado para não fazer barulho. Ainda em silêncio, nos encaramos por alguns instantes, incertos sobre o que dizer um ao outro. Meus olhos o estudaram rapidamente, procurando me certificar de que ele era exatamente como eu me lembrava. A camisa larga de flanela, o livro, a cicatriz atravessando uma das sobrancelhas, a pele alva.

"Olá", disse Benjamim, constrangido. O alívio em seu rosto era visível. Eu não havia mentido quando prometera retornar ao sótão.

Não respondi. Tentei imaginar a pessoa que ele via quando olhava para mim: corpo magricelo, cabelo desalinhado, roupas gastas. Como sempre acontecia quando meus pensamentos giravam nessa direção, senti algo dentro de mim se retrair. Tive medo de que ele percebesse como meu corpo emanava carência, como meu mundo era limitado e sem graça, como eu queria desesperadamente fugir de mim mesma. Atordoada pelo intenso desejo de esconder quem era, desviei os olhos e encarei meu tênis por alguns instantes.

"Você comeu toda a comida que eu trouxe?", perguntei em voz baixa.

"Não, ainda tenho algumas bananas e dois pacotes de biscoito."

"Não é desconfortável dormir aqui em cima? Quero dizer, sem uma cama ou algo para se cobrir."

Ele deu de ombros: "Não é tão ruim quanto parece."

"Vou tentar trazer um travesseiro para você."

"Obrigado."

Um silêncio constrangedor se estendeu entre nós dois. Uma porta no andar de baixo bateu com força, e o estrondo reverberou intensamente nas paredes do sótão. Assustados, sorrimos tímidos um para o outro.

"Então eu volto amanhã", eu disse, atropelando as palavras. Dei as costas para o garoto antes que ele dissesse mais alguma coisa e deixei o sótão. Enquanto descia as escadas, as pernas bambas e o sangue zumbindo nos ouvidos, ignorei a voz que me dizia para voltar e contar que eu tinha começado a ler *O morro dos ventos uivantes*. Desejei tanto que as horas avançassem para finalmente reencontrá-lo, não deveria ter fugido daquela maneira.

Ao longo dos dias que se seguiram, continuei sentindo dificuldades em permanecer por muito tempo no mesmo ambiente que Benjamim, principalmente quando seu rosto revelava tanta avidez por companhia. Após deixar sanduíches, frutas e biscoitos no sótão, eu murmurava qualquer coisa sobre estar muito ocupada naquele momento e ia embora às pressas. Tudo mudou quando cheguei ao capítulo em que Heathcliff obrigava o coveiro da região em que vivia a violar a sepultura de Cathy. Fiquei muito impressionada ao ler as páginas em que ele admirava os restos mortais de sua amada e exigia ser enterrado ao seu lado quando morresse. Com uma abertura entre os dois caixões, Heathcliff desejava que ninguém conseguisse reconhecê-los depois de um tempo, que eles se tornassem uma coisa só, um corpo que começava onde o corpo do outro terminava. A princípio, Benjamim pareceu desconcertado com a minha súbita tagarelice, uma mudança muito drástica em meu comportamento habitual. No entanto, o desejo de conversar sobre seu livro favorito logo o desinibiu. Falamos por quase uma hora sobre a relação conturbada entre Heathcliff e Cathy, marcada por inúmeras traições e vinganças.

"Você acredita que Cathy era um fantasma no início do livro ou tudo não passou de um delírio?", Benjamim perguntou.

"Não sei", respondi, após pensar por um momento. Os moradores do Morro dos Ventos Uivantes podiam jurar que ouviam Cathy bater na janela durante a noite, implorando para que a deixassem entrar na mansão. "Não pareceu um delírio."

"Você já viu alguém morto?"

Respondi com um movimento negativo de cabeça. Às vezes eu me questionava o que acontecia quando um órfão morria. Para onde seu corpo era levado? Quem visitava o túmulo dos órfãos? A imagem de centenas de túmulos abandonados me assombrava.

"Seu livro está em tão mau estado quanto o meu", ele disse, sorrindo acanhado. Provavelmente havia percebido o incômodo que sua pergunta me causara.

"Não é meu. Eu peguei esse exemplar emprestado na biblioteca da escola. Todos os livros lá já foram lidos por muitos estudantes."

"Eu poderia ter emprestado o meu..."

Dei de ombros. Benjamim provavelmente me emprestaria a roupa que estava usando se eu pedisse, afinal, eu não o denunciara à diretora do orfanato e continuava levando comida para ele. No entanto, eu sabia pela maneira como ele se agarrava ao livro que emprestá-lo não seria algo muito confortável.

Em um primeiro momento, falamos apenas sobre os personagens e as situações encontradas no livro, permitindo que residências imponentes, terríveis tempestades de neve e amores obsessivos consumissem nossos pensamentos. Não demorou, entretanto, para que assuntos mais pessoais se infiltrassem em nossas conversas. Benjamim frequentava uma escola muito semelhante à minha: paredes cinzentas, janelas gradeadas, banheiros sempre imundos. Não tinha amigos e quase diariamente precisava fugir de garotos mais velhos que o hostilizavam. Seus professores não pareciam muito interessados nos alunos e sempre o faziam se sentir inútil e sem qualidades. Se pudesse escolher, ficaria em casa todos os dias, assistindo a séries de investigação enquanto comia mingau de aveia (seu prato favorito). Quase uma semana após nosso primeiro encontro no sótão, Benjamim revelou que *O morro dos ventos uivantes* era na verdade o livro favorito de sua mãe. Nas poucas lembranças que ainda guardava, ela aparecia agarrada àquele exemplar velho que ele havia trazido consigo ao fugir de casa. Ao reler aquelas páginas, de alguma maneira sua mãe deixava de ser uma figura etérea e distante para se tornar uma pessoa de carne e osso. Rodeado pelos personagens que a fascinavam, a solidão que o acometia diariamente deixava de parecer tão aterradora.

Se nossos lares não estivessem aos pedaços, teríamos nos ligado um ao outro e nos tornado tão inseparáveis com tanta rapidez? Quando a última aula do dia terminava, eu reunia meus cadernos e livros às pressas e corria para o orfanato, excitada com o segredo que guardava. Durante as longas horas que passávamos juntos, observávamos pela janela o vaivém dos galhos das árvores, as nuvens rolando no céu, e ouvíamos o casarão ranger sob nossos pés, como um gato ronronando. E por alguns breves momentos conseguíamos imaginar um mundo completamente diferente daquele em que vivíamos. Observei na penumbra do sótão, entre tímidas trocas de olhares e confissões sussurradas, algo desabrochar em meu peito, um sentimento que eu nunca havia experimentado antes, que era tanto cálido quanto doloroso.

Não era fácil garantir que ninguém descobrisse a presença de Benjamim no orfanato. Perto da escada que levava ao sótão havia um banheiro velho que quase não era utilizado. Ainda assim, toda vez que precisava usá-lo, Benjamim me obrigava a montar guarda do lado de fora. Ao notar a aproximação de alguém, eu assobiava alto para avisá-lo de que não deveria sair naquele momento. O garoto limpava-se o melhor que dava na pia, mas nunca era o suficiente para livrá-lo da aparência encardida que adquiriu em poucos dias. Passar o tempo todo naquele sótão empoeirado deixou suas roupas sujas e malcheirosas. Como havia trazido apenas um livro de casa, precisei pegar algumas camisas e calças dos armários dos órfãos, que serviram facilmente em seu corpo pequeno e magro. Não era sempre que eu encontrava a cozinha vazia, o que significava que Benjamim precisaria aguardar até o dia seguinte para receber alguma comida que eu traria da minha casa.

Benjamim costumava realizar observações peculiares sobre o que via pela janela. O reflexo do voo de um pássaro em uma poça d'água, o formato das raízes de uma árvore, um pedaço de papel rodopiando no ar. Quando o garoto apontava em uma determinada direção e fazia essas curiosas observações, eu sentia que um mundo desconhecido se abria diante dos meus olhos. Como se por baixo da banalidade cotidiana existisse um importante segredo, uma grandeza que se camuflava naquilo que era pequeno. Às vezes eu desejava carregar no bolso um caderno para anotar todos esses detalhes fascinantes que apenas Benjamim era capaz de identificar. Os sentimentos que comecei a nutrir por ele eram confusos e me atordoavam. Não sabia como ou onde encaixar aquele garoto franzino em minha vida, temia que ele desaparecesse tão subitamente quanto surgira. A desordem emocional que me acompanhava durante o dia também me assombrava à noite. Tive inúmeros sonhos estranhos com meu amigo. O mais frequente era aquele em que nos perdíamos um do outro. Por longos e angustiantes minutos, eu o procurava em um espaço labiríntico e fantasmagórico projetado como uma versão assombrada do orfanato, cheio de longos corredores e amplos cômodos. Nunca o encontrava antes de despertar. Quando finalmente o via, algo por baixo da minha pele me incitava à violência. Ridicularizava suas roupas, implicava com algo que ele havia dito, o beliscava com força quando nossas opiniões eram discordantes. Benjamim nunca revidava, preferia se encolher em silêncio como um animal acuado. Bastavam alguns minutos para que remorso e constrangimento me atingissem como um soco no estômago. Eu não conseguia entender o que existia dentro de mim que me impelia a falar ou agir dessa maneira. Toda vez que eu o via se retraindo ao meu lado, prometia a mim mesma não repetir esse comportamento.

Com frequência Benjamim era acometido por profundas crises de melancolia. Nessas ocasiões era como se uma bruma o envolvesse e o isolasse em si mesmo, tornando-o apático e quebradiço. Mais silencioso do que o normal, seu olhar se perdia no horizonte e ele parecia encontrar enorme dificuldade para entender coisas simples ou articular frases completas. Essas crises de melancolia podiam se manifestar a qualquer instante, durante uma conversa absolutamente banal ou quando eu o deixava sozinho no sótão. Às vezes eu o encontrava assim ao chegar da escola, sentado diante da janela enquanto folheava o livro de sua mãe. Era inútil perguntar o que havia acontecido ou no que ele estava pensando durante esses momentos. Benjamim costumava me encarar sem saber o que dizer, como se a matéria que o preenchia por dentro tivesse simplesmente escorrido para fora do seu corpo. Centenas de perguntas sufocavam em minha garganta: ele pensava na mãe morta? Recordava alguma agressão do pai? Sentia falta da casa que havia abandonado? Quando eu via seus dedos trêmulos se aproximarem dos cílios, eu me desesperava, incapaz de descobrir uma maneira de interromper sua angústia. Ao afastar suas mãos do rosto com um gesto brusco, Benjamim abria um sorriso triste e sussurrava um agradecimento.

Algumas semanas mais tarde, Benjamim começou a insistir que precisava conhecer um museu que ficava do outro lado da cidade. Por um momento, não acreditei que ele falava sério, que estava realmente disposto a deixar o abrigo no sótão para ver pinturas e esculturas. Tentei explicar como seria difícil entrar e sair do orfanato sem que ninguém o visse, como ele arriscaria retornar à casa do pai caso decidisse prosseguir com essa ideia. Quando questionei o motivo de ele querer realizar essa visita, o garoto desviou o olhar respondendo que se tratava de um desejo antigo. Tive a impressão de que não queria revelar algo, o que me deixou um pouco magoada. Diante da insistência de Benjamim no assunto, acabei cedendo à sua vontade, mesmo temendo pelas consequências. Descobri em um mapa que encontrei na escola que a maneira mais fácil para chegar ao Museu de Belas-Artes era de trem. Para conseguir comprar os bilhetes, assaltei a bolsa de Andrea quando ela não estava por perto. A noite que antecedeu a ida ao museu transcorreu lenta e angustiante, passei boa parte das horas me revirando de um lado para o outro na cama, imaginando todo tipo de situação que poderia dar errado.

Não consegui prestar atenção em nada que meus professores disseram naquela manhã. Assim que a última aula do dia terminou, corri para o orfanato e troquei o uniforme escolar por uma roupa que eu deixara na mochila para essa ocasião. Benjamim parecia aflito quando entrei no sótão, provavelmente começava a pensar nas implicações do que estávamos prestes a fazer. Trocamos umas palavras de encorajamento antes de deixarmos o lugar na ponta dos pés. Tomei a dianteira para verificar se o caminho estava livre. Benjamim me acompanhava só depois que eu confirmava com um gesto que não havia ninguém por perto. Qualquer barulho fazia nosso coração disparar. Não encontramos dificuldades até chegar ao térreo, quando, em um dos corredores, uma porta se abriu inesperadamente. Sem pensar muito, empurrei Benjamim para dentro de uma sala vazia, segundos antes de ver uma das faxineiras aparecer carregando um balde e uma vassoura. Fingi admirar os desenhos dos órfãos presos em um mural enquanto a mulher passava ao meu lado, tentando controlar minha respiração para não soar tão ofegante. No instante em que ela desapareceu no final do corredor, entrei na sala para a qual empurrara Benjamim e me deparei com o garoto escondido atrás da porta, lívido. Lutei contra o desejo de desistir da ideia de deixar o orfanato. A julgar pela expressão no rosto de Benjamim, não seria difícil convencê-lo a retornar ao sótão. No entanto, uma parte de mim queria descobrir por que meu amigo considerava tão importante visitar esse museu, por que estava disposto a perder seu esconderijo por esse lugar. Aguardamos uns minutos antes de voltarmos a sair. Encontramos algumas crianças pelo caminho que pareceram identificar no nosso rosto que algo suspeito estava acontecendo ali. Torci para que ninguém dissesse nada, não saberia o que responder se me perguntassem quem era o garoto que viram ao meu lado circulando pelo orfanato. Conseguimos alcançar a área de serviço sem que nenhum adulto nos visse. Por uma janela baixa, saltamos para fora do casarão e corremos para longe.

A estação de trem mais próxima ficava a poucos quarteirões de distância do orfanato. Não nos demoramos muito por aquelas ruas, temerosos com a possibilidade de que Benjamim fosse reconhecido. Como era a primeira vez que eu viajava de trem sem minha mãe, tive dificuldade para comprar as passagens corretas ou encontrar a nossa plataforma de embarque. Durante todo o tempo, Benjamim e eu trocamos olhares assustados. Algumas pessoas nos encaravam com expressões de curiosidade, provavelmente se perguntando o que fazíamos ali sem a presença de um adulto. Ainda que eu fosse alta para a minha idade, Benjamim tinha uma compleição muito infantil.

Quando finalmente deixamos a estação subterrânea no centro da cidade, os prédios altos, o barulho dos carros e a movimentação dos transeuntes por um momento me atordoaram. Habituado ao confinamento do sótão, Benjamim parecia ainda mais perturbado do que eu. Pálido e com os lábios trêmulos, ele agarrava com força seu velho exemplar de *O morro dos ventos uivantes* (não quisera arriscar se separar do livro deixando-o no sótão).

O museu ficava localizado em uma avenida larga e muito arborizada. Folhas amarronzadas cobriam as calçadas como um imenso tapete. Raios de sol perfuravam as árvores e desenhavam sombras tremeluzentes no chão. Era gostoso ouvir o som que as folhas faziam quando as esmagávamos com os pés. Os portões de ferro do museu se abriam para um saguão que resplandecia. Decorações em dourado, lustres reluzentes, piso perfeitamente encerado. Apenas quando adentramos uma ampla galeria, com centenas de quadros pendurados nas paredes e uma claraboia no teto que permitia a visão de um céu azul cheio de nuvens, eu compreendi que aquele lugar poderia ter alguma relação com sua mãe. O garoto olhava as pinturas como se nunca tivesse visto nada parecido em toda sua vida, seus olhos corriam de um lado para o outro, tentando absorver o máximo de informação possível. Naturezas-mortas, paisagens, retratos de figuras históricas, cenas cotidianas do século XIX. Passamos quase duas horas percorrendo as galerias. Tive a impressão de que aquelas pinturas revelavam um mundo amplo e diverso, completamente distinto daquela realidade miserável que eu conhecia.

"Você costumava vir aqui com sua mãe?", perguntei, incapaz de me conter.

"O que você disse?" Benjamim escondeu o rosto enquanto fingia examinar uma pintura de uma mulher segurando uma carta com os olhos cheios de lágrimas.

"Nada", respondi.

Ao deixarmos o museu, permanecemos em silêncio por alguns instantes diante das portas de entrada. Folhas amarronzadas rodopiavam no ar antes de atingir o chão. A luz do sol incidia oscilante por entre os galhos das árvores. Pombos se equilibravam nos postes de luz. Quando finalmente decidimos nos afastar daquela avenida, Benjamim e eu trocamos um olhar cúmplice, como se compartilhássemos o mesmo pensamento naquele momento: havíamos despencado dentro de uma das pinturas do museu.

Ao atravessar a entrada da estação de trem, me senti deprimida ao perceber que nossa aventura chegava ao fim. Benjamim também não parecia muito contente com a perspectiva de retornar ao sótão do orfanato. Assim como eu, o garoto provavelmente experimentara pela primeira vez o que era ser livre. Tentando estender esse sentimento por mais algumas horas, sugeri irmos até uma praia. Não sabia como essa ideia se infiltrara em meus pensamentos, mas, assim que falei em voz alta, me vi completamente envolvida por ela. O rosto de Benjamim pareceu se iluminar ao ouvir a proposta. Encontramos um mapa na estação de trem e descobrimos onde deveríamos desembarcar para chegarmos à praia mais próxima. Durante todo o percurso que levou pouco menos de uma hora, ríamos quase sem parar, excitados com a ousadia do que fazíamos.

Quando por fim chegamos ao nosso destino, percebi que talvez tivéssemos cometido um erro. O céu estava escuro e o vento forte que percorria as ruas parecia anteceder uma tempestade. Conforme atravessávamos os quarteirões e nos aproximávamos do mar, o rugido das ondas aumentava progressivamente. Senti meu coração bater cada vez mais acelerado. Poucas pessoas caminhavam pela faixa de areia, que se estendia até perder de vista. As ondas atingiam alturas impressionantes e quebravam com força, em uma explosão de água e espuma. Impactada pela imensidão da paisagem que se estendia à minha frente, tive a estranha sensação de estar longe de tudo o que eu conhecia.

Com os pés enterrados na areia fria, permanecemos em silêncio durante muito tempo, hipnotizados pelo movimento e pela musicalidade das águas. Em um determinado momento, Benjamim agarrou minha mão e entrelaçou seus dedos aos meus. Um jorro de calor atravessou meu corpo. Tive vontade de afastá-lo com um movimento brusco, não compreendia o que ele pretendia com esse gesto. Mas o calor da sua pele se mostrou reconfortante em meio ao vento frio que nos açoitava. O instante em que ficamos unidos pareceu durar tanto uma eternidade quanto um piscar de olhos. Quando sua mão finalmente se afastou, me vi invadida por uma estranha necessidade de chorar. No entanto, esses sentimentos confusos se dissiparam quando uma onda enorme, talvez a maior que tínhamos visto até então, quebrou com força sobre a areia e agitou ainda mais o ar ao nosso redor.

Desorientados por termos passado tanto tempo encarando o movimento do mar, andamos por ruas vazias e enlameadas por longos minutos. Não conseguíamos lembrar que caminho tomar para retornar à estação de trem.

"O que é aquilo?", perguntou Benjamim, de repente. O garoto apontava para uma estrutura de ferro no final da rua.

"É um parque", sussurrei para mim mesma ao nos aproximarmos um pouco mais.

Uma grade enferrujada impedia que avançássemos em direção aos brinquedos. Montanha-russa, roda-gigante, carrossel. Com as luzes apagadas e sem movimento, o parque parecia uma cidade abandonada em ruínas. Enquanto a temporada de chuvas não passasse, aquele lugar provavelmente permaneceria desativado. Benjamim deu início a uma descrição detalhada sobre um filme antigo a que tinha assistido na televisão certa vez, aparentemente parte da ação final ocorria em um parque de diversões. Não consegui me manter atenta às suas palavras, me vi de todo capturada por uma lembrança de algo que havia ocorrido três anos antes.

Era noite, e o eco dos nossos passos parecia penetrar meu peito de maneira dolorosa. Minha mãe e eu retornávamos do supermercado, as sacolas com as compras pesando nos braços, quando nos deparamos com um parque de diversões em nosso caminho. Absorta nos meus próprios pensamentos, não notei a aproximação daquele lugar até Andrea interromper seus passos abruptamente diante da entrada. As luzes dos brinquedos enchiam o céu de cores, um cheiro delicioso de pipoca e cachorro-quente flutuava no ar, as pessoas falavam e riam animadas enquanto se deslocavam por aquele ambiente festivo. Com o coração agitado dentro do peito, eu me senti invisível diante de tanta alegria. Prendi a respiração ao ver minha mãe atravessar a entrada do parque e caminhar em direção à roda-gigante. Aquela era a primeira vez que eu me aproximava de um lugar como aquele. Ela me deixaria andar em um dos brinquedos? Seu olhar era difícil de decifrar, como se diferentes emoções borbulhassem sob sua pele.

As pessoas nos encaravam curiosas por conta das sacolas de supermercado. Quem iria a um parque com os braços cheios de pacotes de arroz e caixas de leite? Mas eu não me importei com isso. O movimento dos brinquedos e as luzes intensas me hipnotizavam. Quando finalmente ocupamos um assento na roda-gigante, Andrea começou a falar sobre a casa em que havia morado com seus pais quando tinha a minha idade. Localizada de frente para uma ampla praça, ela tinha uma visão privilegiada do parque de diversões que havia chegado ao bairro e ocupado aquele espaço. Da janela do seu quarto, Andrea via a alegria estampada no rosto das crianças sentadas nos cavalos de metal do carrossel. Inúmeras vezes eu havia me visto em posição parecida àquela descrita por Andrea, observando à distância um mundo do qual não fazia parte. Era difícil para mim imaginar Andrea como uma criança, como alguém semelhante a mim. Ao mesmo tempo, suas palavras me causavam forte impressão, era quase como se eu estivesse presente em seu relato.

Durante semanas, Andrea viveu sob enorme expectativa enquanto implorava aos pais para levá-la ao parque. O verdadeiro problema era sua mãe, que nunca parecia muito interessada em atender às súplicas da filha. Em sua escola, ninguém comentava sobre outro assunto, e Andrea não podia acreditar que seria a única a ficar de fora da novidade, ainda mais considerando o quão perto morava. Deitada em sua cama, ela chorava enquanto as luzes do parque invadiam seu quarto. Não conseguia entender por que sua mãe era sempre tão mesquinha.

Como se tivesse perdido a voz subitamente, Andrea não falou mais nada por um tempo. Seu silêncio me deixou temerosa, e por alguns instantes acreditei mesmo que ela nunca mais voltaria a falar. Do alto da roda-gigante, os carros e as pessoas pareciam miniaturas em uma maquete. Quando retomou sua história, sua voz parecia distante. No dia em que finalmente prometeram ceder à insistência da filha, meus avós sofreram um acidente de carro fatal.

"De qualquer forma, eu duvido que minha mãe tivesse me levado ao parque", contou Andrea. Seu rosto era uma máscara dura e inexpressiva. "Ela nunca cumpria suas promessas."

Congelada no assento da roda-gigante, uma caixa de leite apertada contra o peito, me vi assombrada por imagens grotescas de ferro retorcido, sangue, carne dilacerada e ossos quebrados. O que aconteceu com Andrea depois que seus pais faleceram? Para onde ela foi levada? Com quem morou? O que fizeram com sua casa? Não tive coragem de fazer essas perguntas.

O súbito desejo que senti em me afastar daquele parque vazio assustou Benjamim. Exasperada, apontei para as nuvens escuras que cobriam o céu. Uma tempestade se aproximava.

A noite caiu rapidamente sobre a cidade. De volta ao orfanato, entramos pela mesma janela da área de serviço pela qual saímos. Mais uma vez avancei na dianteira para garantir que a passagem estaria livre. Percorremos o caminho até a escada com alguma facilidade. No entanto, assim que coloquei os pés no segundo andar, uma voz chamou meu nome.

"Irina!", exclamei, assustada, ao ver a diretora avançar na minha direção. Olhei para trás e não encontrei Benjamim, que provavelmente recuara ao ouvir vozes e passos.

"Sua mãe estava te procurando", disse Irina. "Acredito que ela já tenha ido embora."

"Eu… eu… eu deixei um… livro no armário dela… voltei para buscar", respondi, temendo que a diretora ouvisse como meu coração batia acelerado.

"Os armários dos funcionários ficam no primeiro andar", disse Irina, o olhar perscrutando o meu rosto.

"Ah, é mesmo. Então… então, eu vou até lá… obrigada", e me virei para descer as escadas.

"Ana", chamou a diretora. "Está tudo bem? Você parece agitada."

"Tenho uma prova amanhã e preciso muito desse livro", respondi. Acenei atrapalhada e desci as escadas correndo.

Não avistei Benjamim ao longo do caminho até a sala dos funcionários. Todo o meu corpo tremia. Permaneci alguns minutos ali para não parecer suspeito caso eu esbarrasse com Irina novamente. Como eu justificaria a ausência do livro? A mulher acreditaria se eu dissesse que me confundira, que na verdade não esquecera nada no orfanato? Ouvindo um zumbido desconfortável dentro da minha cabeça, atravessei o casarão e subi as escadas de dois em dois degraus em direção ao sótão, torcendo para que Benjamim tivesse conseguido retornar ao seu esconderijo. Abri a porta do cômodo com as mãos trêmulas.

"Acho que fui visto", sussurrou o garoto assim que entrei. "Ouvi uns passos atrás de mim quando subia as escadas."

"Nunca mais vamos fazer isso", eu disse, ofegante. "Tenho certeza de que a Irina não acreditou na história que eu contei. Se alguém disser que viu um garoto estranho pelos corredores do orfanato, ela provavelmente vai começar a suspeitar que eu estou tramando algo."

Depois de uma despedida carregada de presságio, deixei Benjamim e o orfanato. Mesmo andando rápido, não consegui evitar o aguaceiro que despencou das nuvens. Completamente encharcada, subi as escadas até o andar do nosso apartamento me sentindo apreensiva. Não devia ter permanecido tantas horas na rua, Andrea ficaria furiosa.

Estaquei o passo ao me deparar com a porta do nosso apartamento entreaberta. Um nó apertou meu estômago. Quando estava bêbada, Andrea vivia fazendo esse tipo de coisa: esquecer as portas abertas, deixar o controle remoto da televisão dentro da geladeira, perder as chaves. Naquele momento o ar ao meu redor parecia denso de emanações estranhas. Sem saber o que fazer, permaneci por alguns instantes em pé no corredor, tentando descobrir o que provocava aquele pressentimento ruim. Do lado de dentro, a sensação de estranheza persistia: as luzes de quase todos os cômodos estavam acesas e uma voz masculina ecoava do quarto de Andrea. Havia alguém ali com minha mãe?

Abandonada no chão da sala, encontrei uma pequena toalha branca manchada de sangue. O vermelho intenso, quase negro, parecia obsceno e revelador. O que havia acontecido?, eu me perguntei mais uma vez, o coração batendo acelerado dentro do peito. Minha mãe estava ferida? Por que todas as luzes do apartamento estavam acesas? Quem era o sujeito que estava no seu quarto? O cheiro ferroso que preenchia a sala me repelia e atraía em igual medida.

Incapaz de desviar os olhos da toalha ensanguentada, pressenti que aquela temporada feliz ao lado de Benjamim havia chegado ao fim.

II

Verifiquei o celular uma última vez antes de atirá-lo sobre a mesa. Nenhuma mensagem. Nenhuma ligação. Como um animal enjaulado, me vi inquieta e raivosa dentro da casa de Andrea, circulando por entre os cômodos sem saber o que fazer. Dias se passaram desde o reencontro com Benjamim em seu apartamento, e qualquer nova tentativa de entrar em contato com ele havia fracassado. Minhas mensagens e ligações pareciam despencar em um buraco sem fundo, engolidas por um vazio silencioso e cruel. Conferi diversas vezes se aquele era o número correto que ele havia me passado, esperando encontrar um erro na sequência de dígitos. Com amargor, eu percebia que não existia equívoco algum, as mensagens estavam direcionadas para o número correto.

Comecei a me perguntar se aquele silêncio significava que ele lamentava ter me reencontrado. Talvez minha saída abrupta e tempestuosa do seu apartamento o tivesse assustado. Talvez ele estivesse arrependido do que disse pouco antes de eu me esconder no banheiro. *Eu nunca teria ficado contra você. Eu teria entendido...* Ao descobrir que eu havia jogado fora seus remédios e urinado em seu tapete, ele devia ter concluído que os boatos sobre mim eram verdadeiros. Eu era louca, eu era um monstro.

Abandonada no chão, avistei uma pena do pássaro que eu havia trazido para casa. Parcialmente devorado por formigas, o animal ainda jazia na pia do banheiro. A visão daquela pena solitária apertou ainda mais o nó em minha garganta. Tirei a pena do chão e, sem hesitar, a enfiei na boca. Tentei identificar seu sabor, como se a essência do animal estivesse ali, mas tudo o que consegui sentir foi o gosto de poeira do chão. Cuspi a pena meio mastigada pela janela. Algo em meu peito parecia prestes a explodir. Peguei meu celular e liguei de novo para o número de Benjamim. Após chamar algumas vezes, ele finalmente atendeu. Por alguns instantes, não soube o que responder ao ouvir sua voz do outro lado da linha.

"Alô? Alô? Ana?" Ele soava cansado.

"Benjamim", respondi, por fim. "Estou há dias tentando falar com você. Está tudo bem?"

"Sim, sim, está tudo bem. Eu vi suas ligações. Me desculpe por não ter retornado... Estou muito sobrecarregado com o trabalho nesses últimos dias..."

"Entendo", eu disse, os dentes cerrados. Tive vontade de dizer que ele era um péssimo mentiroso. "Preciso falar com você pessoalmente. Quando podemos nos encontrar?"

"Hum... Como eu disse, estou com muito trabalho acumulado. Preciso concluir várias traduções e..."

"Não vou tomar muito do seu tempo", insisti, os olhos queimando com as lágrimas que se formavam. "Só preciso que me ajude num caso relacionado com a Andrea. Preciso de sua opinião."

"Ana..."

"Por favor. Não vou demorar muito."

Benjamim suspirou longamente: "Tudo bem, tudo bem. Você virá aqui?".

"Sim. Você se importa se eu for agora?"

"Não, não."

Desliguei o celular sentindo um peso oprimir meu coração. Nada parecia mais distante do que a lembrança daqueles primeiros dias no sótão do Orfanato Retiro dos Pássaros, quando Benjamim ansiava por minha presença.

Benjamim me recebeu ainda mais pálido e exausto, como se estivesse há dias sem conseguir ter uma noite de sono. Dessa vez, ele não me ofereceu nada para beber ou indicou um lugar para sentarmos. Após fechar a porta, caminhou em direção à janela e se apoiou no batente. A mensagem era clara: eu não deveria me demorar.

"O que você quer conversar comigo?", perguntou, sem preâmbulos, olhando para fora da janela.

Retirei da bolsa um papel dobrado ao meio e o entreguei.

"Esses são os registros telefônicos da Andrea das últimas semanas", eu disse, observando-o desdobrar e ler o papel. "Pouco antes de morrer, ela ligou dezenas de vezes para o mesmo número."

"Você reconhece esse número?", perguntou Benjamim.

"Não. Busquei na internet alguma informação sobre ele, mas não descobri nada. Como você pode ver, as ligações duravam pouquíssimos segundos e aconteciam em horários estranhos durante a madrugada."

"Em um único dia ela ligou dezessete vezes para a mesma pessoa", constatou Benjamim, assustado.

"Assim que vi isso, peguei o telefone e liguei para o número. A mulher que atendeu pareceu muito amedrontada do outro lado. Gritou querendo saber quem estava ligando e ainda ameaçou chamar a polícia."

"O que você respondeu?"

"Nada. Fiquei tão assustada com a reação dela que simplesmente fiquei sem palavras."

"Você usou o telefone da casa da Andrea para fazer essa ligação?"

Assenti com um movimento de cabeça: "Ela provavelmente reconheceu o número que vinha ligando sem parar para sua casa."

"O que você acha que isso significa?"

"Não sei o que pensar", respondi, a ansiedade bloqueando minha respiração. "Queria ligar mais uma vez e explicar que eu não sei de quem se trata, não sei por que minha mãe ligou tantas vezes para o mesmo número. Não sei nada sobre o que ela fez nos últimos tempos."

"Pela maneira como a mulher atendeu sua ligação, ela claramente parece saber tanto quanto você sobre as intenções de sua mãe", disse Benjamim, as mãos meio trêmulas.

"Imagine receber diariamente dezenas de ligações e não saber quem está do outro lado da linha."

"Não surpreende ela ter ameaçado chamar a polícia. Talvez seja isso o que você deva fazer, eles podem tentar descobrir o que está por trás disso tudo."

Meu estômago se contraiu em aversão ao imaginar a polícia revirando nossa vida mais uma vez.

"Tudo parece terrivelmente confuso", eu disse, envergonhada por parecer vulnerável, fraca. Mas naquele momento eu não conseguia evitar. Era como tentar segurar água com as mãos. "As bebedeiras, as ligações, a tentativa de sequestrar uma criança, ser encontrada morta em uma praia. Parece que eu nunca vou conseguir entender a minha mãe."

Olhando para algo do lado de fora da janela, Benjamim suspirou: "Você também não é fácil de entender".

Perdi a fala momentaneamente. Tive vontade de cuspir na cara dele e rasgar suas roupas. Não havia atravessado a cidade para ouvir críticas. Benjamim era incapaz de entender que eu precisava descobrir o que tinha acontecido com Andrea? Que não havia mais ninguém em minha vida? Que ele era o único rosto familiar que eu conhecia? Enquanto ele estivera em Paris, eu estava trancada naquela casa, sozinha com Andrea. As portas e as janelas sempre fechadas para que ninguém nos visse. Aterrorizadas pelos nossos próprios pensamentos. Revivendo o tempo todo o que acontecera anos antes.

"Parece que nós dois vamos passar a vida inteira tentando descobrir o que aconteceu com nossas mães", disse Benjamim, ainda olhando para fora da janela. Ocasionalmente eu conseguia ter um vislumbre do garoto franzino e assustado que um dia invadiu o orfanato pela janela do sótão. Um gesto, uma determinada entonação da voz ou uma fagulha em seu olhar me remetia diretamente ao passado. Mas naquele momento eu enxergava apenas um sujeito quebrado.

Tomada por uma súbita apreensão, me virei para a janela, esperando descobrir o que tanto atraía sua atenção do lado de fora. Ao seguir a direção do seu olhar, encontrei apenas uma camisa branca solitária tremulando ao vento em um varal na cobertura do prédio da frente.

"O que você quer dizer com isso?"

Como se não tivesse escutado minha pergunta, Benjamim continuou assistindo à camisa tremular ao vento. Talvez esperasse que ela se soltasse do varal e desaparecesse rodopiando em direção ao horizonte. Passados alguns instantes, ainda sem dizer uma palavra, ele se afastou da janela em direção ao aparador e pegou um dos livros empilhados sobre o móvel. Ao se reaproximar, me entregou sua velha edição de *O morro dos ventos uivantes*.

"Abra."

Irritada, fiz o que ele pediu, imaginando sua reação se eu atirasse seu precioso livro pela janela. Entre as páginas do romance, encontrei duas folhas de papel amareladas e amassadas. Peguei as folhas e devolvi o livro às mãos ossudas de Benjamim.

"É uma carta que uma amiga enviou à minha mãe. Quando ela morreu, meu pai se desfez de todos os seus pertences, quase como se esperasse apagar sua existência do mundo. Roupas, fotografias, documentos, livros, cadernos. De um dia para o outro, todos os vestígios da existência da minha mãe desapareceram da nossa casa. Salvei esse livro porque sabia o quanto ela o amava. Foi uma surpresa encontrar uma carta entre as páginas. Acredito que meu pai também não sabia da existência dessa carta, do contrário ele provavelmente a teria destruído também."

Desdobrei as duas folhas cheias de vincos e manchas. Quantas vezes Benjamim havia relido aquela carta ao longo dos anos? A caligrafia era minúscula.

Querida Leda,

Como você está?

Às vezes parece que foi em outra vida a última vez que nos vimos. Como deixamos tanto tempo passar sem trocarmos uma carta ou um telefonema? Muita coisa mudou desde a nossa formatura na Escola de Artes e Ofícios. Frequentemente me vejo com um sorriso despontando no rosto ao recordar as tardes nos ateliês de pintura, as inúmeras exposições de arte que visitamos ou os fins de semana na praia.

Como nunca tive seu talento para a arte, aceitei depois de muita insistência do meu pai uma vaga em seu escritório de advocacia. Não é o trabalho mais empolgante do mundo, minhas tarefas são todas burocráticas, mas tem sido bom para mim. Recentemente fiquei noiva de um dos advogados da empresa. A notícia pegou todos de surpresa, ninguém imaginou que um dia a rata de biblioteca fosse se casar. Mas as pessoas podem mudar, não é?

De uma das janelas do escritório, eu consigo ver o topo do Museu de Belas-Artes. Não há um dia que eu não me lembre da exposição com os seus quadros naquelas galerias enormes. Nossos professores estavam muito orgulhosos por você ter vencido o concurso de uma instituição tão importante.

Adoraria reencontrá-la. Quero saber como você está, ver suas novas pinturas, descobrir o que tem acontecido no mundo das artes nos últimos anos. Por favor, não deixe de me escrever.

Espero que esta carta lhe encontre bem.

Sua grande amiga,

Elena

"Por que você nunca me contou que sua mãe era pintora?", eu perguntei, a voz trêmula. Brilhantes projeções do passado me envolveram: uma estação ferroviária se enchendo de vento com a chegada de um trem, luzes artificiais tremeluzindo no rosto dos passageiros, prédios altos do centro da cidade, o lustre imenso do museu, as galerias intermináveis cheias de pinturas e esculturas.

"Nunca vi as pinturas dela", respondeu Benjamim. "Essa carta é o único lugar em que alguém se refere a essa parte da sua vida."

"Onde está o envelope da carta?"

"Provavelmente se perdeu. Dentro do livro só havia essas duas folhas."

"Você acha que seu pai também se desfez das pinturas da sua mãe?" A imagem daquele homem violento se materializou diante dos meus olhos, e por alguns instantes recordei o medo que nutri por ele durante a infância.

"É possível", Benjamim respondeu, a voz cada vez mais grave. "Meu pai detestava quando eu fazia perguntas sobre a minha mãe. Nunca revelei que sabia sobre suas pinturas com medo de que ele descobrisse essa carta e a destruísse também."

"Escola de Artes e Ofícios", eu disse, após consultar a carta rapidamente. "Você conhece esse lugar? Talvez eles tenham alguma informação sobre a sua mãe e as pinturas dela."

As marcas de expressão em seu rosto pareceram se acentuar, evidenciando o cansaço que sentia.

“A escola funcionou por quase cem anos antes de falir e fechar as portas. Poucas informações estão disponíveis na internet. Durante a adolescência, tentei pesquisar sobre a escola, mas não descobri nada relevante. Nunca consegui rastrear antigos professores, funcionários ou ex-alunos. O terreno onde ficava o prédio da escola virou um estacionamento. Quando retornei de Paris, prometi a mim mesmo tentar localizar as pinturas dela mais uma vez.”

Senti todo o corpo formigar enquanto imagens do passado rodopiavam diante dos meus olhos: Benjamim e eu saltando para fora do orfanato por uma janela, a estação de trem movimentada, os amplos corredores do museu. Não me enganara naquela tarde em que atravessamos a cidade em direção ao Museu de Belas-Artes, visitar aquele lugar era sua maneira de se aproximar do mundo que sua mãe um dia ocupara, de se sentir mais próximo dela.

“Você veio aqui para falar da Andrea”, disse Benjamim, retirando a carta das minhas mãos e devolvendo às páginas do livro. “Peço desculpas pela interrupção.” Levou os dedos aos olhos, mas já não havia muitos cílios para arrancar.

Nos encaramos por alguns instantes. Benjamim abriu a boca para dizer algo, mas eu o silenciei com um beijo desajeitado. Nossos dentes se chocaram dolorosamente e o gosto amargo dos seus lábios me fez querer chorar.

“Não”, disse Benjamim, afastando o rosto. Sua expressão revelava aversão.

Mas eu não recuei. Busquei seus lábios novamente e forcei minha língua dentro de sua boca. Antes que ele me repelisse outra vez, tentei enfiar minha mão dentro de sua calça.

“Não!”, repetiu Benjamim, mortificado, afastando minhas mãos e dando um passo para trás.

“Por que você não pode me amar?”, perguntei, incapaz de conter as lágrimas.

"Não posso te amar do jeito que você quer, e você sabe o motivo."

"Sim, eu sei. Você prefere se relacionar com homens."

"O que está acontecendo, Ana?"

"Eu preciso ir embora."

"Por favor, não vá", pediu Benjamim, agarrando meu braço.

"Se você não me soltar, eu vou começar a gritar." Todo o meu corpo tremia.

"Não vá", Benjamim repetiu, se afastando de mim como se eu fosse um animal perigoso.

Permanecemos em silêncio por um momento. O alarido do trânsito reverberava intensamente no apartamento. No prédio da frente, a camisa branca havia sumido do varal.

"Eu não quero desaparecer", sussurrei, as lágrimas correndo em abundância. "Sinto que estou perdendo a materialidade. Meu cabelo está caindo, minha pele descascando. Às vezes, quando acordo, não consigo me mexer ou falar, como se eu tivesse esquecido como realizar essas funções. Parece que estou morta há muitos anos, mas só agora me dei conta."

Benjamim balbuciou por alguns instantes, mas aparentemente não encontrou as palavras que desejava. Estava claro que se identificava com o que eu havia dito. Sussurrei um pedido de desculpas e deixei seu apartamento esperando que ele insistisse para eu ficar mais alguns minutos. Ou, quem sabe, jantar com ele e até passar a noite ali. Não me importaria em dormir no sofá.

Mas ele me deixou partir.

Dentro do elevador, encontrei um rapaz apático que inspirava com dificuldade, provavelmente acometido por uma forte gripe. Prendi a respiração ao sentir o cheiro de sujeira e suor que suas roupas exalavam. Notei com aversão as inúmeras pústulas em seu rosto. Durante todo o caminho até o andar térreo, ele limpou o nariz ranhoso nas mangas do casaco.

Quando o elevador abriu as portas, agarrei sua mão e deixei que meus olhos dissessem tudo o que ele precisava saber sobre quem eu era e o que necessitava naquele momento.

Enquanto aquele rapaz me penetrava com estocadas fortes atrás de uma pilastra no estacionamento do edifício, me deixei hipnotizar por imagens que não guardavam nenhuma conexão entre si: a janela do quarto de Elisa, a roda-gigante parada e apagada daquele parque de diversões vazio, a risada vulgar de Andrea ecoando por um dos corredores do orfanato, uma mulher sem rosto gesticulando com um pincel diante de uma tela em branco. O pássaro morto coberto por formigas na pia do banheiro.

12

"Por que suas roupas estão molhadas?"

Hipnotizada pela toalha ensanguentada abandonada no chão, não notei quando minha mãe se aproximou. Ainda que me encarasse com impaciência, a mulher exibia um leve tremor em um dos lábios, como se ocultasse grande apreensão por trás daquela dura carapaça. Em um rápido exame, não encontrei nenhum ferimento visível, o que me deixou confusa. De quem era o sangue?

"Está chovendo", respondi em voz baixa.

"Por que você está parada aí desse jeito? Faça algo útil: jogue essa toalha no lixo e vá se secar!"

Não me movi porque naquele mesmo instante Tomás, o faz-tudo do Orfanato Retiro dos Pássaros, deixou o quarto da minha mãe e parou ao seu lado. Por alguns instantes, acreditei que meus olhos me enganavam, que sua imagem era fruto de um delírio. Notei a presença de ataduras sujas de sangue envolvendo sua mão direita. O sujeito enfeitava o rosto com um sorriso zombeteiro.

"O que *ele* está fazendo aqui?", perguntei, exasperada. A aparição de Tomás em nosso apartamento não fazia sentido, ele pertencia à realidade que apenas existia no orfanato.

"Não seja insolente!", rosnou Andrea. "Faça o que eu mandei. Jogue essa toalha no lixo *agora*!"

Obedeci antes que ela avançasse em minha direção. Peguei a toalha com a ponta dos dedos e a mantive afastada do meu corpo enquanto me deslocava até a cozinha. Atirei a toalha na lata de lixo que ficava ao lado do fogão. Sobre a louça suja dentro da pia, limpei o sangue dos meus dedos. A visão da água rosada que se concentrou em um dos pratos com restos de café da manhã me provocou ânsia de vômito.

Um pensamento cortante como um caco de vidro me veio à mente: Tomás descobrira Benjamim escondido no sótão do orfanato. Ciente do papel que eu representava naquela história, ele provavelmente havia optado por vir ao nosso apartamento para conversar com minha mãe e comigo antes de contar tudo à Irina. Desolada, imaginei Benjamim naquele momento sentado diante da janela circular do sótão, completamente alheio ao fato de que em breve retornaria à casa do pai. A lembrança daquela tarde feliz na praia se distanciava veloz em direção ao passado.

Quando retornei à sala, encontrei minha mãe e Tomás sentados no sofá. Ela segurava sua mão enfaixada e analisava com atenção as ataduras. Perto do sofá, vi duas bolsas de lona grandes.

"Tomás vai morar conosco por um tempo", disse Andrea, sem olhar na minha direção.

Meu queixo despencou: "Por quê?".

"Eu não sabia que precisávamos de sua permissão para fazer qualquer coisa aqui dentro."

Tomás gargalhou. Quando finalmente compreendi o que aquela cena significava, senti como se tivesse perdido o chão sob meus pés. Meio cambaleante, deixei os dois na sala e me escondi no quarto. Ainda molhada, me atirei na cama. O som da chuva batendo no vidro da janela intensificou minha inquietação.

Recordei a tarde em que ouvi a risada vulgar de Andrea ecoando para fora de uma sala de aula vazia do orfanato. Quando os dois tinham começado a se envolver? Tudo ao meu redor passara para segundo plano após o aparecimento de Benjamim, mas ainda assim eu havia notado o comportamento estranho que Andrea assumira nos últimos meses. Não parecia mais tão interessada em controlar meus passos, sumia no casarão por longos minutos, se ausentava do nosso apartamento durante os fins de semana. Era difícil admitir para mim mesma o quanto aquela situação fazia com que eu me sentisse desprezada e traída.

Deitada no escuro, eu ouvia com clareza a voz de Tomás reverberar pelo apartamento. O sujeito falava com orgulho sobre o ferimento em sua mão, conquistado a partir de um conflito físico com o proprietário do apartamento em que morava com a mãe.

"Eu teria matado aquele covarde se não tivessem chamado a polícia!", exclamou Tomás. "Eu só fiquei com esse machucado. Você deveria ver como eu deixei aquele idiota!"

Como não queria parar na prisão, Tomás não teve outra escolha a não ser reunir seus pertences em duas bolsas e procurar abrigo longe dali. Ao longo da semana, ele recontaria essa história diversas vezes, sempre enfeitando o relato um pouco mais.

Confusa enquanto tentava compreender o que significava a mudança daquele sujeito para o nosso apartamento, desejei que o ferimento em sua mão infeccionasse e que ele precisasse amputar o membro ou morresse de uma vez.

O romance entre Andrea e Tomás permaneceu em segredo mesmo após sua mudança para o nosso apartamento. Ao menos durante as horas passadas no orfanato, Andrea acreditava que eles deveriam agir com discrição, falando um com o outro o estritamente necessário e evitando que fossem vistos sozinhos pelo casarão. Sua intuição lhe dizia que Irina não aprovaria a relação dos dois. "Velha enxerida!", resmungou Andrea após me fazer prometer não mencionar com ninguém seu envolvimento com aquele sujeito. "Ela está sempre enfiando o nariz na vida dos outros, dizendo como as pessoas devem agir. Como se fosse melhor que todos nós!" Espantada pela maneira como se referia a Irina, me perguntei se o seu temor não era uma confirmação de que havia algo estranho naquela relação.

Poucos dias foram o suficiente para a presença de Tomás contaminar nosso apartamento por completo. Por onde passava, ele deixava um rastro de sujeira. Copos com restos de bebida, migalhas de comida, embalagens de biscoito, guimbas de cigarro, marcas de lama no tapete. Não era raro encontrar camisas com manchas de suor sobre as cadeiras ou largadas pelo chão. O sofá e as cortinas da sala passaram a exalar o mesmo cheiro desagradável dos cigarros que ele fumava. O banheiro nunca permanecia limpo por muito tempo e ele sujava todas as nossas toalhas. Tomás nunca estava todo vestido, como se sentisse prazer em exibir aquele corpo magro. Seus ossos eram bizarramente visíveis por baixo de uma pele fina e manchada. O cheiro que ele emanava era forte e desagradável, e eu me sentia nauseada toda vez que aquele odor invadia minhas narinas.

Tomás levava bebidas alcoólicas para o apartamento praticamente todas as noites. Enquanto esvaziavam as garrafas, os dois ouviam música no volume máximo do rádio, cantavam sem ânimo e gargalhavam sem motivo aparente. Observá-los me provocava náuseas. As faces avermelhadas, o cheiro azedo que exalavam, a língua engrolada, os olhos injetados. Bêbados, os dois se deslocavam pelo apartamento como cegos, esbarrando nos móveis, derrubando objetos, tropeçando nos próprios pés. Quase sempre algum vizinho aparecia para reclamar do barulho. No entanto, Tomás logo os afugentava com gritos e socos nas paredes. Durante esses momentos, a loucura em seu olhar me amedrontava. Era como encarar um abismo. Negro, profundo, perigoso. Eu nunca conseguia dormir tranquila durante essas noites. Virando de um lado para o outro na cama, a acidez em meu estômago incendiava meu corpo. Repugnância, raiva e medo se confundiam em um único e sufocante sentimento.

Não me surpreendeu a rapidez com que o relacionamento entre Andrea e Tomás adquiriu um caráter agressivo. Agora que viviam sob o mesmo teto, as carícias e os segredos sussurrados ao pé do ouvido pareciam fazer parte do passado. Qualquer coisa podia provocar um desentendimento entre os dois, desde a programação da televisão até a quantidade de dinheiro que cada um havia gastado em determinada semana. Tomás era um sujeito facilmente irritável e dado a explosões de raiva que não admitia ser contrariado ou constrangido. Tendia a considerar tudo uma ofensa pessoal, como se existisse um acordo silencioso entre as pessoas para surpreendê-lo durante um instante de fraqueza. Não importava o motivo ou como as discussões começavam, em algum momento Andrea sempre precisava se desculpar e implorar por uma reconciliação. Tomás parecia devorar o ar dentro do nosso apartamento, roubando a vitalidade de tudo o que existia ao seu redor.

Durante as horas em que eu estava na escola ou no orfanato, um pensamento me invadia sorrateiramente e eu me permitia cultivá-lo como quem cuida de um jardim de plantas raras. Aquelas últimas semanas tinham sido apenas um angustiante pesadelo, minha mãe nunca havia convidado Tomás para morar conosco, aquele homem continuava sendo apenas o faz-tudo do orfanato. Quando eu retornasse para o nosso apartamento no fim do dia, não encontraria roupas encardidas sobre as cadeiras, copos sujos espalhados pelos móveis ou cinzeiros transbordando. Ainda que uma parte de mim soubesse que essa era uma fantasia impossível, o alívio que me invadia parecia real, e por alguns instantes meus olhos se enchiam de lágrimas ao imaginá-lo longe de nossa vida.

“Eu sei que você não gosta dele”, disse Andrea certa noite. “Poderia ao menos *tentar* disfarçar esses olhares atrevidos?”

Dei de ombros como se não soubesse do que ela falava. Havia poucos minutos Tomás tinha deixado o apartamento para encontrar seus amigos. Toda vez que eu o via sair, imaginava-o sofrendo algum tipo de acidente.

“Reconheço que ele não é fácil de conviver”, continuou Andrea, os olhos faiscando na direção de um tênis enlameado que Tomás deixara largado em um canto da sala. “Mas ele está longe de ser uma pessoa ruim. É preciso conhecê-lo na intimidade para perceber que essa personalidade explosiva esconde alguém muito agradável.”

Desviei o olhar e me concentrei em encarar uma formiga que subia pela parede. A vontade de gritar me estrangulava. Eu não estava interessada em conhecê-lo intimamente, eu jamais deixaria de considerá-lo sujo e perigoso, eu preferia que ele nunca tivesse vindo morar conosco.

“O que você quer que eu faça?”, perguntou Andrea, subitamente exaltada. As lágrimas que se formavam em seus olhos me surpreenderam e assustaram. “Você esperava que eu fosse viver sozinha para sempre? Eu também tenho o direito de ser amada!” E deixou a sala pisando firme. Bateu com força a porta do seu quarto.

Naquela mesma noite, Andrea e Tomás se mostraram particularmente barulhentos. As paredes vibravam com os estampidos de objetos caindo no chão e com as gargalhadas estridentes dos dois. Em um determinado momento, quando a algazarra se tornou realmente insuportável, a ansiedade me fez sair do meu quarto para descobrir o que acontecia nos outros cômodos. Passava das duas da manhã. Ao entrar na sala, encontrei minha mãe ajoelhada no chão ao lado de uma poça de vômito. Seus membros pareciam fracos, insuficientes para sustentar seu peso, e os olhos ostentavam uma opacidade apavorante, como se sua alma tivesse deixado o corpo. Apoiado em uma cadeira, Tomás não tinha uma aparência muito melhor enquanto ria escandalosamente da namorada patinando no próprio vômito.

Meu olhar cruzou com o de Andrea, e por alguns segundos não a reconheci. Retornei às pressas para o meu quarto antes que ela explodisse comigo. Durante toda a noite, não consegui me livrar do odor azedo do seu vômito.

Benjamim não demorou para perceber que algo me preocupava. Para o garoto, eu parecia mais silenciosa e propensa a explosões de raiva que o normal. De fato, eu sentia que o convívio com Tomás havia me empurrado para um lugar distante em minha mente, um lugar de onde eu não conseguia voltar. Diversas vezes tentei explicar o que estava acontecendo, mas as palavras simplesmente fugiam antes que eu conseguisse agarrá-las. Falar sobre aquela situação parecia torná-la ainda mais real, ainda mais difícil, ainda mais horrível. Não queria que Benjamim pensasse naquele sujeito como meu padrasto, não queria estabelecer qualquer tipo de ligação com ele. Durante as horas compartilhadas no sótão do orfanato, eu desejava apenas esquecer por alguns instantes as roupas sujas espalhadas pelo apartamento ou as constantes bebedeiras dos dois.

No entanto, tudo mudou quando uma conversa entre Irina e uma das professoras do orfanato chamou minha atenção. Ao passar em frente ao escritório da diretora, ouvi as vozes das duas mulheres mencionarem o desaparecimento de uma criança que vivia no bairro. Imaginando se tratar de Benjamim, me aproximei da porta entreaberta para escutar melhor o que diziam. De acordo com a diretora, toda a história era muito estranha, aparentemente o pai da criança não sabia dizer quando havia visto o filho pela última vez; notou sua ausência apenas quando a escola do menino entrou em contato para descobrir a razão de seu sumiço das aulas. Como sua má fama o precedia naquela região, crescia a suspeita de que ele havia feito algo ruim à criança.

Assim que as duas mulheres mudaram o tópico da conversa, disparei em direção ao sótão, o coração martelando as costelas. Benjamim ficou muito assustado quando relatei o que escutara segundos antes. Talvez fôssemos inocentes demais por acreditar que o nosso arranjo poderia durar para sempre, que Benjamim continuaria por muitos anos escondido no sótão aguardando minhas visitas. Se no início tudo tinha parecido uma grande aventura, agora a situação se mostrava mais séria do que havíamos imaginado. Começávamos finalmente a compreender as reais implicações do que estávamos fazendo. Exceto por continuar levando comida até o sótão, eu não conseguia saber o que fazer para ajudá-lo.

Poucos dias depois, o rosto de Benjamim apareceu estampado em cartazes espalhados pelas ruas. As palavras "procura-se", redigidas em letras vermelhas, me alarmaram. Tremendo, arranquei o cartaz de um dos postes de iluminação e o levei até o sótão. Ao encarar seu próprio rosto impresso no papel, Benjamim empalideceu.

"O que você acha que seu pai vai fazer com você quando te encontrar? Ele provavelmente vai deixar outra cicatriz em seu rosto", disse, maliciosamente, as palavras escapando da boca. Tentei disfarçar o quanto minhas mãos tremiam enterrando-as no fundo dos bolsos.

Lacrimejante, Benjamim me encarou por alguns instantes: "Por que você sempre faz isso?".

"Eu apenas fiz uma pergunta..."

"Eu não entendo por que às vezes você é tão má." A mágoa em seu rosto era grande. Temi ter finalmente ultrapassado algum limite.

Não respondi. Arranquei o cartaz de suas mãos e saí correndo do sótão. Também não entendia por que havia dito aquilo quando tudo o que eu mais desejava era tocar a cicatriz em sua sobrancelha e chorar ao seu lado. Com a boca bem próxima do seu ouvido, eu sussurraria: "Tenho medo de que aconteça algo ruim com você, tenho medo de que você vá embora e eu nunca mais o veja. Quero ficar neste sótão ao seu lado".

Furiosa comigo mesma, continuei correndo até sair do orfanato.

Pouco a pouco, conforme transcorriam os dias, me vi tomada por uma expectativa paralisante. Tudo ao meu redor parecia um borrão diante daquela sensação angustiante de que algo horrível espreitava o meu destino. Durante as aulas, caminhando sem rumo por ruas miseráveis ou percorrendo os corredores do orfanato, eu me sentia enlouquecer enquanto tentava decifrar o que significava aquela ameaça que pairava como uma nuvem negra sobre a minha cabeça. O que aconteceria com Benjamim quando o descobrissem escondido no sótão? Por que os funcionários do orfanato lançavam tantos olhares de preocupação em minha direção? Em que momento aquela substância inflamável que corria nas veias de Tomás incendiaria tudo ao nosso redor? À noite, quando minha mãe apagava as luzes do apartamento e eu me deitava na cama para tentar dormir, alívio e apreensão se confundiam dentro do meu peito. Mais um dia chegava ao fim e nada havia acontecido.

Não lembro que sonhos ocupavam meus pensamentos quando, certa noite, fui despertada por um rangido no piso de madeira do meu quarto.

"Não faça barulho", sussurrou uma voz no escuro.

Pregada contra o colchão, senti meu sangue congelar nas veias. Abri os olhos rapidamente, mas era impossível enxergar qualquer coisa ali dentro. Tive a impressão de que toda a cidade estava imersa em um sono profundo, que só eu estava acordada naquele momento. Eu e a voz dentro do quarto.

13

Os fluidos do sujeito que eu havia conhecido no elevador escorriam lentamente pela minha perna.

Sua voz chegava aos meus ouvidos como o ruído de um rádio mal sintonizado. Ligeiramente sem fôlego e excitado como uma criança com um brinquedo novo, ele falava animado sobre o próximo encontro entre nós dois. Ao olhar bem para o seu rosto, notei como ele era jovem. Provavelmente havia acabado de entrar na faculdade. Não me espantaria se ele dissesse que essa havia sido sua segunda ou terceira experiência sexual. As pústulas em seu rosto, amareladas e inflamadas, provocaram uma contorção dolorosa em meu estômago.

Encontrando dificuldades para fixar o espaço ao meu redor, abotoei minha calça enquanto murmurava um número de telefone inventado. O rapaz tentou me dar um beijo de despedida, mas eu desviei do seu rosto e, sem dizer mais nada, me afastei a passos rápidos do edifício.

O que Benjamim diria se soubesse que eu havia transado com um dos seus vizinhos no estacionamento do prédio em que ele morava? Ele se arrependeria por não ter me impedido de ir embora do seu apartamento? Consideraria um erro ter agido com tanta frieza durante os minutos em que tínhamos estado juntos? Talvez eu devesse ligar para contar o que acontecera. Não o pouparia dos detalhes sórdidos. Cheguei a abrir a bolsa para pegar o celular, mas uma lembrança freou meus movimentos: aquele rapaz sujo cuspindo na própria mão para umedecer o pênis. Durante aqueles breves segundos antes de me penetrar, cogitei empurrá-lo para longe e dizer que não queria mais transar com ele, que havia mudado de ideia. O som da sua boca expelindo saliva me provocou uma repugnância quase insuportável, assim como o cheiro de óleo diesel do estacionamento. Mas, como sempre, algo me impediu de ir embora.

Essa não era a primeira vez que eu transava com um desconhecido em um lugar público. Descobri ao longo dos anos que o toque de estranhos parecia abrir uma fenda na minha alma, revelando um lado obscuro da minha personalidade que era tanto assustador quanto atraente. Não era difícil encontrar esses homens quando a necessidade de contato íntimo me incendiava por dentro. Eu os conhecia em todos os lugares, na saída de uma estação de metrô, no supermercado, andando na rua. Bastava uma troca de olhares.

Fechei a bolsa e segui caminhando para longe do edifício de Benjamim, me deixando embalar pela dor que me pressionava na região do baixo ventre.

Não atentei para a presença das duas até me aproximar da entrada da casa de Andrea. Parada em frente à própria residência, Miranda consultava algo em seu celular enquanto segurava a mãozinha de Elisa; elas pareciam aguardar a chegada de uma terceira pessoa. Surpresa ao ver a menina pela primeira vez, abafei uma risada. A mulher havia vestido a filha como uma boneca: vestido de babados, laço nos cabelos dourados, sapatinhos de bailarina, meias cor-de-rosa. Sua aparência era tão exageradamente infantil e ridícula que provocava na verdade o efeito contrário, tornava a menina uma aberração. Como se fosse uma adulta travestida de criança. Ainda assim, notei com certo espanto o quanto ela era bonita. O rosto ostentava maçãs proeminentes, um narizinho arrebitado e luminosos olhos castanhos. Por alguns instantes, visualizei aquele rostinho delicado se contorcendo de medo diante da loucura de Andrea.

Não levou muito tempo para Miranda começar a demonstrar desconforto diante da minha presença. Mudando o peso do corpo de uma perna para outra, a mulher olhava o tempo todo para o interior da própria casa, incerta a respeito do que fazer. O que exatamente provocava aquela apreensão? Tentei imaginar o que se passava na sua cabeça naquele momento. Como minha mãe, eu também tentaria agarrar e machucar sua preciosa filha? A menina continuava correndo perigo? Existia alguma diferença entre mim e Andrea? A fúria atingiu meu corpo como um raio. Eu não sou a minha mãe, tive vontade de gritar, não tenho interesse nessa criança patética. Não era óbvio que eu encarava as duas porque desejava entender o que levara minha mãe a tomar aquela menina? Que eu apenas tentava compreender o que acontecera com Andrea em seus últimos dias de vida?

Como mantive os olhos pregados em sua direção, Miranda desistiu de fingir que nada a incomodava e arrastou a filha com brusquidão para dentro da casa. Assustada com a repentina explosão da mãe, a menina começou a chorar.

Perturbada com a ideia de que sempre comparariam Andrea e eu, destranquei o portão e entrei. Durante toda a minha infância, ouvi conhecidos e desconhecidos afirmarem o quanto éramos fisicamente parecidas, como eu era mesmo filha da minha mãe. Ao longo dos anos, passei a enumerar obsessivamente as características que nos distinguiam. O formato do meu nariz, a textura do seu cabelo, o timbre da minha voz, o modo como ela erguia uma das sobrancelhas quando a contrariavam. Como se eu dissesse para mim mesma que o vínculo que nos unia era superficial, frágil e muito quebradiço. Mas qualquer esforço nesse sentido se mostrava inútil quando eu percebia uma de suas expressões em meu rosto, surgindo por baixo da pele como um vírus.

Por meio de uma fresta na janela, olhei a casa de Miranda do outro lado da rua. Imaginei a mulher apertando a filha em um abraço desajeitado enquanto prometia não deixar que nenhum mal se aproximasse das duas. Como se fosse mesmo possível cumprir esse tipo de promessa. Não me restavam dúvidas de que algum vizinho havia contado à Miranda o que Andrea e eu tínhamos feito no passado. A mulher não reagiria daquela maneira por causa de um rápido olhar curioso. Provavelmente lembrou o que escutara a nosso respeito e sentiu medo. Talvez eu devesse fingir querer pôr as mãos em sua filha, pensei, enraivecida. Não era esse o tipo de comportamento que as pessoas esperavam de mim? Talvez eu devesse fingir saber exatamente o que minha mãe planejava fazer com Elisa, embora conhecesse suas intenções tanto quanto qualquer outra pessoa naquela rua.

Continuei observando a casa de Miranda por longos minutos. A mulher provavelmente havia desistido do seu compromisso. Não voltou a sair e manteve portas e janelas fechadas.

Benjamim não havia mentido quando afirmou que não existiam muitas informações na internet sobre a Escola de Artes e Ofícios. Após escrever o nome da instituição em sites de buscas, não encontrei nada além dos anos de fundação e encerramento das atividades e os nomes de alguns professores proeminentes. A procura por imagens da escola não apresentou resultados melhores: meia dúzia de fotografias em preto e branco de péssima qualidade. O edifício tinha uma imponente fachada neoclássica: frontão triangular, frisos, colunas ladeando um portão de ferro trabalhado. Em uma das fotografias, vi a silhueta de uma pessoa em uma das janelas. Ansiosa por descobrir qualquer coisa, brinquei com a ideia de que aquela pessoa era a mãe de Benjamim, Leda. Mas isso seria impossível, o registro daquela fotografia datava do início do século passado. Enquanto analisava as imagens, notei que a minha percepção sobre Leda havia mudado. A figura frágil que havia padecido à sombra de um marido violento se tornara uma artista tomada por uma aura de mistério, uma pessoa alimentada por sonhos incomensuráveis que perambulava por escolas de arte e museus.

Obstinada em descobrir mais sobre Leda e sua carreira artística, alonguei as costas contra o sofá e comecei a cruzar informações sobre a escola em que ela havia estudado. Investiguei a vida de alguns professores, vasculhei o acervo digital de museus e li artigos acadêmicos sobre o ensino artístico no país. Levei horas para encontrar uma informação que parecesse relevante. Em uma reportagem antiga sobre protestos ocorridos na cidade contra a demolição de prédios históricos, a jornalista mencionava os comentários inflamados de uma mulher sobre a precarização da cultura e o apagamento da história urbana. Ex-diretora de uma instituição de arte, ela afirmava que sua escola não precisaria ter fechado as portas se existisse incentivo e financiamento por parte do governo. Demolir prédios históricos era mais um ato de descaso com a cultura e a memória do país. Enquanto lia o texto, me perguntei se a instituição citada pela mulher poderia ser a mesma que Leda tinha frequentado durante a juventude. O perfil parecia se encaixar. Quantas escolas de arte foram demolidas naquela cidade ao longo dos anos? No entanto, ainda que eu estivesse certa, nada garantia que aquela pessoa continuava viva ou que havia conhecido a mãe de Benjamim. Talvez essa ideia não levasse a lugar nenhum, mas não custava nada verificar. Não foi difícil descobrir o e-mail da autora da reportagem. Escrevi uma mensagem perguntando se ela ainda tinha informações sobre a ex-diretora entrevistada em seu texto e cliquei em enviar esperando receber notícias suas em breve.

Despertei lentamente de um sono profundo, ouvindo pouco a pouco a presença de um barulho estranho dentro da casa de Andrea. Apreensiva, levantei do sofá e girei de um lado para o outro no mesmo lugar, sem saber o que era e de onde vinha aquele som tão inusitado. Verifiquei os cômodos da casa e até olhei dentro de armários e gavetas. Hipnotizada, segui o ruído até a janela que dava para a rua, mas não encontrei ninguém do lado de fora. Demorei para compreender que aquele som vinha da casa de Miranda, e que se tratava das risadas de duas crianças. Por uma das janelas do andar superior, que eu suspeitava ser o quarto de Elisa, consegui divisar apenas uma projeção de sombras no teto. Às vezes o topo da cabeça de duas crianças se tornava visível por alguns instantes.

Quem era a outra criança? Uma amiguinha da escola? Uma prima? Que brincadeira se mostrava tão divertida naquele momento? Não conseguia imaginar Elisa vestindo nada que não fosse outra roupa de babados. Talvez a amiguinha tivesse sido chamada para distrair a menina após o susto de alguns dias antes. Talvez Andrea tivesse passado longos minutos naquela mesma posição que eu me encontrava, espreitando a casa do outro lado da rua por uma fresta na janela. Quais pensamentos ocupavam sua mente? Quando decidiu pôr suas mãos na menina?

Absorta nas minhas próprias elucubrações, não notei quando as gargalhadas das duas meninas se converteram em trocas de ofensas. Tentei me concentrar para entender o que havia provocado o conflito, mas me sentia dispersa e logo perdi o interesse. Prestes a retornar para dentro da casa, me surpreendi quando algo voou pela janela. O objeto, que a princípio não consegui identificar, realizou um arco no ar e aterrissou silenciosamente no asfalto. No mesmo instante, Elisa começou a gritar a plenos pulmões.

"O que está acontecendo? Elisa? *Elisa?!*", a voz de Miranda ressoou alta e desesperada.

Tomada por um impulso incontrolável, deixei meu lugar na janela, destranquei a porta com as mãos trêmulas e saí. A claridade me cegou por alguns segundos. A rua continuava vazia. Peguei a boneca do chão e retornei rapidamente para dentro de casa. Com a boca seca e o coração martelando no peito, tornei a encarar a casa da frente pela fresta na janela.

"Ela jogou minha boneca pela janela!"

"Mentirosa!", respondeu a outra menina.

"Meu coração está disparado! Pensei que algo ruim tivesse acontecido", disse Miranda, ofegante. "Não volte a gritar dessa maneira, você me assustou. Veja como estou tremendo!"

"Ela jogou minha boneca pela janela!", repetiu Elisa, furiosa.

Pálida, Miranda apareceu na janela do quarto da menina à procura do brinquedo. Ao olhar atentamente para Miranda, percebi que ela aparentava um ar indefinido de quem percebeu muito tarde que não era mais tão bonita quanto havia sido durante a adolescência.

"Não tem nada aqui."

As duas crianças colocaram a cabeça para fora da janela, mas também não viram nada. Frustrada, Elisa voltou a gritar com força, repetindo que a amiga havia jogado a boneca pela janela, que a mãe precisava encontrá-la, aquele era seu brinquedo favorito e ela não podia ficar sem ele. Ainda muito abalada pelos gritos da filha, Miranda apareceu do lado de fora da casa e procurou a boneca por alguns minutos antes de se convencer de que não estava ali. Embora tenha tentado disfarçar, percebi quando seus olhos se voltaram para a casa de Andrea por alguns instantes.

Ao retornar para casa sem a boneca nas mãos, Miranda provocou o desespero da filha. Nada que ela dizia parecia capaz de acalmar a menina. Miranda se debruçou pela janela outras vezes para encarar a rua, como se esperasse que a boneca perdida aparecesse magicamente largada sobre o asfalto. O desalento de Elisa seguiu por horas. Imaginei Andrea no lugar de Miranda. Poucos minutos teriam sido suficientes para perder a paciência e acertar uma bofetada no rostinho delicado de Elisa.

A boneca tinha um delicioso perfume de lavanda. Não parecia muito com um brinquedo, mas sim com um objeto de arte confeccionado com delicadeza. O corpo de tecido e espuma era firme e esguio. Uma fita de cetim prendia os cabelos de lã em um rabo de cavalo. Usava um vestido florido em tons pastel e sapatinhos de plástico estilo Oxford. Na altura do peito, o nome Elisa aparecia bordado com fios dourados. As minhas bonecas nunca foram tão bonitas, pensei, com amargura. Quase sempre tinham acabamento malfeito e eram de materiais de péssima qualidade. De alguma maneira, a feiura e o aspecto grosseiro daquelas bonecas pareciam ecoar minha própria aparência.

Imaginei o dia a dia da boneca, uma rotina que provavelmente espelhava o cotidiano da menina: atividades diárias milimetricamente organizadas, elaboradas trocas de roupa, rígidas regras de como se comportar durante as refeições. Não me provocou uma sensação boa visualizar aquela boneca deitada sobre a cama da menina, vigiando o quarto quando não havia ninguém na casa. O silêncio do cômodo, a imobilidade dos objetos, as horas se arrastando lentamente. Elisa não devia fazer nada longe da amiga de pano. Tudo o que desejava, a boneca realizava naquele mundinho imaginário das duas. Não era sempre assim que acontecia? Em minhas brincadeiras de infância, as bonecas sempre tentavam fugir de alguma coisa.

Invadida por uma raiva indomável, arranquei os membros da boneca e espalhei pelo chão da sala a espuma que preenchia seu interior. A visão do brinquedo destruído me atingiu como um soco no estômago, e a raiva logo deu lugar a uma sensação devastadora de vazio. Agarrada a pedaços de pano e espuma, chorei convulsivamente até perder a consciência e adormecer.

Acordei às quatro da manhã. Levei alguns instantes para me situar onde estava. Por que eu tinha dormido no chão da sala? Cambaleante, fui até o telefone, apertei as teclas do aparelho e, surpresa ao descobrir que havia decorado tão rápido aquele número, aguardei que atendessem.

"O que você quer?", gritou a voz do outro lado da linha. "Pare de ligar! Fique longe da minha família!" E desligou com um baque surdo.

Mantive o aparelho pressionado contra o ouvido por alguns instantes, hipnotizada pelo som contínuo que ele irradiava. Imaginei aquela mulher em algum lugar da cidade, presa ao telefone exatamente como eu estava, o coração aos saltos dentro do peito e um nó apertando a garganta. Por que eu continuava ligando para ela? O que eu esperava que se revelasse durante as ligações? Em que momento comecei a acreditar que imitar o comportamento de Andrea me diria o que havia acontecido em seus últimos dias antes de entrar no mar?

Não consegui voltar a dormir. O dia já estava amanhecendo quando recolhi do chão os pedaços da boneca de Elisa e os levei para o banheiro. Por sorte, o vestidinho florido não havia sofrido nenhum dano. Tão triste quanto a visão da boneca destruída era o pássaro morto coberto por formigas em cima da pia. Afugentei as formigas e, com delicadeza, enfiei o pássaro dentro do vestido. O pescoço quebrado e as penas eriçadas manchadas de sangue pareceram ainda mais bizarros em contraste com a roupinha delicada.

O sol era um ponto pálido no horizonte, e o ar frio da madrugada ainda percorria as ruas. O silêncio nunca pareceu tão profundo quanto naquele momento.

De maneira solene, deixei o pássaro diante da porta de Miranda.

14

Quando os primeiros raios de sol incidiram na janela, tornando visíveis os móveis e os objetos ali dentro, me perguntei se tudo não passara de um pesadelo extremamente real. Nada parecia indicar que algo fora do comum havia ocorrido. O ambiente ao meu redor permanecia o mesmo: o teto manchado e cheio de rachaduras, o armário velho sem uma das portas, roupas descansando nas costas da cadeira, minha mochila da escola jogada em um canto.

Deixei meu quarto apenas quando não havia mais ninguém no apartamento. Escutando um estranho zumbido em um dos meus ouvidos, atravessei o corredor na ponta dos pés até o banheiro, onde tranquei a porta após entrar. Não encarei meu próprio reflexo no espelho. Enquanto lavava as mãos na água fria da torneira, algo brilhante no chão chamou minha atenção. Demorei a identificar que o objeto era um pequeno alfinete, meus olhos pareciam não obedecer aos meus comandos. Talvez tenha caído de uma das roupas da minha mãe? Sem saber de onde surgira a ideia, peguei o alfinete do chão e espetei a ponta afiada em um dos meus polegares. A dor atravessou meu corpo como uma corrente elétrica e encheu meus olhos com uma luz branca silenciosa. Assisti com assombro e fascinação ao sangue escorrer. Por alguns instantes, nada pareceu mais importante que a sensação pulsante daquela ferida.

Depois do que pareceram longos minutos, cobri o ferimento com um curativo e escovei os dentes. Cansado dos meus atrasos, o professor ignorou minha presença quando me esgueirei para dentro da sala de aula. Retirei cadernos e os livros da mochila com as mãos estranhamente trêmulas. Por alguns momentos, tentei realmente prestar atenção naquilo que o professor dizia, mas era como se ele falasse outra língua. Os sons que saíam de sua boca não faziam nenhum sentido para mim. Todas as aulas transcorreram dessa maneira naquela manhã. Quando por fim pude deixar a escola, o céu pareceu pesado e imenso sobre a minha cabeça. O movimento de carros e transeuntes na rua me deixou sufocada. As lembranças daquela madrugada retornavam como ondas: a voz e os passos no escuro, o lençol que me cobria puxado da cama, o calor e o odor azedo do seu corpo. "Não faça barulho", ele sussurrou, antes de deixar um rastro de queimaduras na minha pele. Uma semente podre fora plantada em meu peito, e eu não podia fazer nada para impedir que aquela planta maligna crescesse e me envenenasse por dentro.

Não corri para o orfanato no fim da aula como eu sempre fazia. Tomei o caminho para o meu apartamento, assustada pela sensação enlouquecedora de que algo imundo havia grudado em minha carne. Trancada dentro do banheiro, esfreguei minha pele por longos minutos até deixá-la vermelha e irritada. Conforme descobri no decorrer dos dias, água e sabão jamais conseguiriam eliminar aquela sensação de sujeira. Algo havia mudado depois daquela noite, eu não conseguia reconhecer meu próprio corpo. Olhava meus braços, minhas pernas e meu rosto e nada parecia ser meu. Minha alma fora sugada para longe do meu corpo e jogada dentro de uma estranha.

Permaneci em meu quarto durante todo o resto do dia, me esforçando para não pensar em Benjamim no sótão sem comer, se perguntando onde eu estaria, por que o deixara sozinho. Não desgrudei os olhos do relógio em meu pulso. Os batimentos do meu coração em uma constante crescente. Ao ouvir a voz de Tomás anunciando sua entrada no apartamento, o ar escapou dos meus pulmões. Por instantes, tive certeza de que ele retornaria ao meu quarto naquele momento para repetir o que havia feito na noite anterior. No entanto, ao ouvi-lo comentar sobre algum incidente insignificante no orfanato, me senti confusa. Não conseguia acreditar que ele agia como se nada tivesse acontecido. Mais uma vez me perguntei se tudo não tinha passado de um pesadelo, um delírio. Durante todo o jantar, evitei encará-lo do outro lado da mesa e ignorei as provocações de Andrea, que não conseguia acreditar que eu não tinha aparecido no orfanato naquele tarde porque precisava estudar para uma prova. Esvaziei meu prato às pressas e voltei para o quarto, sentindo o peso em meu peito se intensificar.

As horas transcorreram lentas. Virando de um lado para o outro na cama, temi o momento em que minha mãe desligaria a televisão e se prepararia para dormir. Tomás apareceria em meu quarto de novo de madrugada? Não havia nenhum lugar onde eu pudesse me esconder. Dentro do armário ou embaixo da cama eram esconderijos óbvios demais, ele provavelmente me encontraria em poucos segundos. Quando os dois por fim se trancaram no quarto, me obriguei a deitar na cama. Pregar os olhos se tornou uma tarefa impossível, qualquer mínimo barulho provocava uma descarga de eletricidade por todo o meu corpo. Um passo no andar superior, o sopro do vento, gotas de chuva batendo na janela. Em alguns momentos, tive a sensação de que ele já estava ali dentro, de alguma maneira ele tinha conseguido abrir a porta e se esconder na escuridão sem que eu percebesse. Tentei me convencer a acender as luzes, mas temia ver seu rosto. Quando finalmente consegui adormecer, o dia despontava no horizonte, e meus sonhos foram tomados por imagens perturbadoras.

Guardei o alfinete que encontrei em cima da pia do banheiro em meu estojo, junto com canetas, lápis e borracha. Espetei meu dedo mais algumas vezes até perceber que deveria encontrar outra região em meu corpo para fazer isso, longe dos olhares alheios. Não saberia o que responder se alguém perguntasse como eu havia me ferido no polegar. No decorrer daquela semana, comecei a perfurar o interior das minhas coxas e a minha barriga. Quando o alfinete penetrava minha carne, a dor ajudava a confirmar que eu ainda era eu, como se despertasse em mim algo que eu julgava ter perdido para sempre. De uma hora para a outra, a materialidade do meu corpo se tornou insuportável. Às vezes pensar nos cheiros que o meu corpo exalava e no cabelo crescendo me dava náuseas. Abrir uma fenda na pele, como a boca de um peixe tentando respirar fora d'água, me acalmava por algumas horas. Ao observar grandes quantidades de sangue escorrerem de uma ferida, eu me perguntava se dessa maneira o veneno que Tomás tinha introduzido em minha corrente sanguínea seria drenado para fora do meu corpo.

Por dias, nada aconteceu. Voltei a fantasiar que aquela noite havia sido apenas um terrível pesadelo. Quase duas semanas mais tarde, despertei sobressaltada ao ouvir o piso de madeira ranger. A voz novamente me mandou permanecer em silêncio. Temendo ver seu rosto, me forcei a não abrir os olhos. Não queria abrir os olhos nunca mais.

Por que você não o afastou? Por que não gritou ou me chamou? Era o que eu imaginava que minha mãe perguntaria se soubesse o que estava acontecendo em meu quarto de madrugada. Às vezes a verdade parecia estampada em letras garrafais em meu rosto. Ela acreditaria se eu dissesse que o medo e a repulsa me paralisavam? Admitir para mim mesma o que acontecia era ruim, revelar isso para outra pessoa parecia impossível. E se Andrea pensasse que eu gostava do que Tomás estava fazendo, que o desejava, que talvez até tivesse planejado toda a situação? Nada poderia estar mais distante da realidade. Eu queria gritar, puxar os cabelos, arranhar minha pele. Por que

Andrea tinha deixado esse sujeito em nosso apartamento? Não o conhecia? Não sabia do que ele era capaz?

Temendo que Benjamim visse a verdade em meu rosto, passei a ficar pouco tempo no sótão, o suficiente apenas para deixar alguma comida. Com a desculpa de que precisava estudar para uma prova muito difícil que se aproximava, eu ia embora do orfanato às pressas. Por algum motivo, comecei a acreditar que merecia a solidão.

Nas tardes em que Benjamim implorava por minha companhia, eu me tornava impaciente e raivosa dentro daquele sótão. Algo em meu peito parecia prestes a explodir. O semblante assustado do garoto, suas roupas largas e manchadas, a voz áspera, me enfureciam, e eu sentia uma vontade enlouquecedora de torcer seu braço e destruir aquele livro idiota que ele carregava para todos os lados. Para me distrair de mim mesma, inventava que a polícia rondava as ruas todos os dias à sua procura, que centenas de cartazes com seu rosto se espalhavam pelo bairro, que era uma questão de tempo até alguém encontrá-lo ali escondido. No entanto, eu não conseguia suportar quando ele começava a chorar. A raiva rapidamente se convertia em culpa e tristeza, e eu deixava o sótão antes que ele conseguisse dizer alguma coisa. Descobri pela primeira vez o que acontecia quando se guardava um segredo nas regiões mais profundas do peito: pouco a pouco, ele nos devorava por dentro até não restar nada da pessoa que um dia fomos.

Sem o apartamento e o orfanato, eu me sentia desabrigada. Passava horas caminhando sem rumo pelas ruas. Às vezes eu sentia uma vontade sufocante de correr. Correr para sentir o vento bater com força em meu rosto. Correr por ruas desconhecidas. Correr para tão longe que eu não conseguisse encontrar o caminho de volta. Mas correr não me levaria para o único lugar onde eu desejava estar: o passado.

Em alguns momentos, o movimento dos carros nas avenidas me hipnotizava, e eu não conseguia me livrar de uma fantasia que havia se infiltrado sorrateira nos meus pensamentos: qual era a sensação de ser atingida com força por um veículo em alta velocidade? A imagem do meu corpo girando no ar era fascinante, quase sobrenatural. Céu e terra confundidos por alguns instantes gloriosos. Mas eu não conseguia reunir coragem suficiente para me atirar na frente de um veículo. Era assustador notar que, apesar de tudo, eu ainda queria viver.

Uma ligação inesperada inaugurou uma fase turbulenta em nosso apartamento.

Com a cabeça apoiada no batente da janela do meu quarto, não dei atenção quando ouvi o telefone tocar no outro cômodo. Fazia alguns minutos que eu havia desistido de tentar resolver um problema para a aula de matemática. Por mais que eu tentasse me concentrar no que os professores diziam, os conteúdos das disciplinas resvalavam pelo meu cérebro sem deixar vestígio. Depois de algumas horas encarando a mesma página do livro didático, letras e números começaram a se movimentar sozinhos sobre o papel, como formigas agitadas. Imaginar a expressão irritada do professor ao ver a tarefa incompleta em meu caderno tornava tudo ainda mais difícil.

Distraída pelo movimento dos galhos das árvores do lado de fora, todo o meu corpo se contraiu de pavor ao ser surpreendido pelos gritos de Tomás. Assustada, deixei meu lugar à janela e, na ponta dos pés, abri uma fresta na porta para tentar ouvir o que ocorria na sala.

"O que aconteceu?", perguntou minha mãe, o medo perceptível em sua voz. Tomás urrava e dava socos nos móveis. "Quem ligou? Por que você está assim?"

"Ele desapareceu!", gritou Tomás, parecendo completamente fora de controle. "Ele desapareceu *mais uma vez*!"

"De quem você está falando?"

"Estou falando do meu pai!", ele rosnou em resposta.

Conforme Tomás explicou aos berros, seu pai atraía problemas por onde passava. Dívidas, brigas, casos extraconjugais. Quando desapareceu pela primeira vez sem deixar ao menos um bilhete, Tomás e suas irmãs sentiram alívio. Por muitos anos, ninguém soube de seu paradeiro. Tomás preferia acreditar que ele estava morto, a ideia de que o pai formara uma segunda família em outro lugar o enlouquecia. Um dia eles ouviram uma batida na porta e encontraram o homem do outro lado. Aparentemente arrependido por seu sumiço e por todos os problemas que causara, ele esperava que a mulher e os filhos o recebessem de volta. Tomás não achava que sua família o perdoaria tão rapidamente. Ver a mãe e as irmãs agindo como se nada tivesse acontecido o enfurecia. Levou meses para trocar uma palavra com o pai. Naquela tarde, quase dois anos depois de seu retorno, a irmã de Tomás chegou do trabalho e, para sua surpresa, não encontrou o pai na frente da televisão como de costume. Compreendeu o que havia acontecido ao abrir a porta dos armários e não encontrar suas roupas.

"Minha mãe não está nada bem de saúde! Ele não poderia ter escolhido momento pior para fazer isso outra vez!"

"Talvez exista uma explicação para o sumiço", tentou Andrea, visivelmente abalada pelo descontrole do namorado. "Vamos tentar encontrá-lo."

"Não seja idiota!", gritou Tomás, cuspindo enquanto falava. "Você acredita que existe explicação para alguém sumir duas vezes? Provavelmente descobriu uma maneira de se dar bem e decidiu nos descartar novamente! Eu espero que ele nunca mais volte a aparecer na minha frente. Sou capaz de matá-lo!"

Tomás deu as costas para Andrea enquanto ela ainda tentava acalmá-lo com palavras balbuciantes. Sem dizer aonde pretendia ir, deixou o apartamento pisando com força. Pouco depois de sua saída, a campainha tocou e a vizinha do apartamento da frente apareceu ameaçando chamar a polícia caso a gritaria persistisse.

Tomás não deu notícias por dois dias. Não atendeu às ligações de Andrea e também não foi trabalhar no orfanato. Durante esse tempo, desejei intensamente que ele tivesse morrido. Imaginei todo tipo de acidente. Ao final do segundo dia, quando Andrea começava a se perguntar se deveria entrar em contato com a polícia, ele reapareceu como se nada tivesse acontecido.

O humor de Tomás não melhorou no decorrer dos dias. Explosões de raiva se tornaram cada vez mais frequentes, qualquer incidente era capaz de enlouquecê-lo. O placar de uma partida de futebol, o atraso na entrega de uma encomenda, música alta demais no apartamento vizinho. Quando Andrea perguntava sobre o paradeiro do seu pai, ele esbravejava e a chamava de puta intrometida. Aturdida, ela olhava para o namorado como se faltasse substância por baixo de sua pele. Quem era aquele sujeito? Onde estava o homem agradável que ela havia conhecido em suas horas no orfanato?

A expectativa de que algo ruim acontecesse a qualquer momento pairava sobre o nosso apartamento como um pássaro agourento. Comecei a desejar fervorosamente o retorno do pai de Tomás. O bem-estar daquela família não me preocupava, eu só esperava que Tomás cumprisse sua promessa de matar o homem quando o reencontrasse. Talvez assim ele acabasse preso. Toda noite uma parte importante de quem eu era parecia escorrer para fora do meu corpo, e a sensação de perda era enorme.

Algumas semanas após o início do terror em nosso apartamento, entrei no sótão do orfanato e levei alguns instantes para notar que Benjamim não estava lá. Sem saber onde procurá-lo, deixei o sótão tomada por medo e raiva. Benjamim teria sido burro a ponto de deixar o esconderijo para passear livremente pelo casarão? Desci as escadas às pressas e percorri os corredores enfiando a cabeça nas salas vazias, esperando levá-lo de volta para o sótão antes que algum funcionário o encontrasse.

"O que você está fazendo?", perguntou Andrea. A mulher surgiu na minha frente como se tivesse emergido de uma fenda no chão.

"Nada."

Seus olhos faiscaram.

"Você o ajudou, não é?"

"Ajudei quem? Do que você está falando?"

"Estou falando do menino que todo mundo estava procurando", respondeu Andrea. "Tomás o encontrou escondido no sótão."

15

Uma voz ecoava de algum lugar muito distante. Presa entre sonho e realidade, minhas pálpebras pareciam pesar uma tonelada e meu corpo relutava em emergir daquele sono profundo. A voz chamava meu nome de um jeito que me fazia pensar em uma revoada de pássaros no céu. Quando finalmente consegui abrir os olhos, me exasperei com o rosto enrugado que me encarava de tão perto. Não consegui esconder o terror que os olhos leitosos me causaram. Gritei e empurrei aquela mulher para longe, como se estivesse diante de um fantasma.

"O que você está fazendo?", perguntei, levantando do sofá com dificuldade enquanto encarava o rosto abobalhado de Célia. "Como você entrou aqui?"

"Acho que você esqueceu a porta aberta... Você está bem?" Seus olhos percorreram a sala com apreensão, perturbada pelas marcas de sujeira no piso e pelo lixo espalhado. Deteve-se por alguns segundos nas penas do pássaro morto.

"Eu estou ótima. Por que não estaria?", perguntei, os dentes cerrados. Uma dor excruciante irradiava do meio da minha testa. Encarei o céu através da janela, mas não encontrei a revoada de pássaros que tinha imaginado minutos antes. A visão de Célia provocava um estranho conforto: chinelos de borracha, vestido desgastado, o mesmo penteado cultivado há tanto tempo. Cem anos poderiam passar e ela permaneceria exatamente como sempre fora.

"Eu tentei ligar, mas você não atendeu..."

Atônita, encarei Célia sem saber o que dizer. Eu não havia escutado o telefone tocando.

"Eu precisava falar com você", disse a velhota, as mãos enrugadas inquietas. As penas do pássaro continuavam atraindo sua atenção, como se seus olhos estivessem magnetizados por elas. "Eu precisava perguntar o que está acontecendo. Por que você fez *aquilo* com a Miranda e a Elisa?"

"*Aquilo?* Do que você está falando?"

"Uma das vizinhas viu você colocar um pássaro morto em frente à porta das duas. Um pássaro morto vestindo a roupa da boneca de Elisa."

Abri a boca para negar a acusação, mas percebi que era inútil.

"Todo mundo está convencido de que você também representa um perigo para a menina, que provavelmente veio terminar o que sua mãe começou." O nervosismo de Célia crescia conforme a mulher falava, como se apenas naquele momento ela começasse a compreender a gravidade dos últimos acontecimentos. "Miranda disse que viu você encarar a Elisa de um jeito estranho. Ela está com medo. Todos nós estamos. Eu sei que você não é uma pessoa má, mas claramente está passando por uma fase difícil. Eu entendo. Faz poucos dias que a Andrea faleceu e..."

"Fora daqui."

"O que você disse?"

"Eu disse para sair daqui. *Agora!*"

Assustada e mancando, Célia bamboleou para fora da casa. *Todos nós estamos com medo. Eu sei que você não é uma pessoa má...* Como eu poderia continuar o que Andrea começou se eu não sabia nada a respeito de suas intenções? Meu coração batia acelerado e de maneira descompassada dentro do peito, como se pertencesse ao corpo de outra pessoa. Precisei me controlar para não ir para a rua e berrar com todo mundo que encontrasse. O pássaro estava morto e não poderia fazer nada. Que perigo ela acreditava que eu oferecia àquela menina chata? Que interesse eu poderia ter nas duas?

Olhei as horas no celular e notei que estava muito atrasada para encontrar Benjamim. A jornalista responsável pela reportagem sobre a demolição de prédios históricos da cidade tinha respondido meu e-mail em poucos dias. Para a minha sorte, ela ainda tinha os arquivos do período em que pesquisou sobre o assunto. Todo o meu corpo formigou de excitação ao ler que, sim, os comentários citados em seu texto sobre as manifestações contra as medidas da prefeitura tinham sido de uma mulher que no passado administrara a Escola de Artes e Ofícios. A mesma escola que Leda, a mãe de Benjamim, tinha frequentado tantos anos antes. Com as mãos trêmulas, escrevi uma resposta perguntando se ela tinha qualquer informação que me levasse até a antiga diretora. Poucas horas depois, um novo e-mail apareceu em minha caixa de entrada. Tudo o que a jornalista tinha era uma anotação em que Violeta, a ex-diretora, dizia trabalhar em um museu de arte colonial. Ainda que fosse difícil imaginá-la no mesmo emprego depois de tantos anos, eu esperava que alguém naquele lugar soubesse como entrar em contato com ela. Ao ligar para o setor administrativo do museu, precisei insistir muito para convencer a pessoa do outro lado da linha a me fornecer o telefone de Violeta. Quando finalmente liguei para a mulher, ela se mostrou receptiva ao ouvir que eu buscava informações sobre sua antiga escola.

Assim que concluí a ligação com a ex-diretora, liguei para Benjamim, ansiosa para contar tudo o que descobrira. Enquanto ouvia seu telefone chamar, me perguntei se ele atenderia ao ver meu nome piscar em seu aparelho. Depois do que tinha acontecido no nosso último encontro, eu não me surpreenderia se ele cortasse qualquer tipo de comunicação comigo. Quando ele finalmente atendeu à chamada, suspirei aliviada, ainda que sua voz soasse cansada e impaciente. Contei num fôlego só quem era Violeta e como tinha conseguido entrar em contato com ela. Ao ouvir que a mulher havia aceitado nos receber em seu apartamento para conversarmos sobre a Escola de Artes e Ofícios, Benjamim se mostrou tão feliz como apreensivo. Provavelmente a ideia de sair daquele apartamento velho o assustava.

Troquei de roupa às pressas e deixei a casa de Andrea ainda irritada com Célia. Notei que as portas e janelas de Miranda continuavam fechadas. Ao me afastar daquela rua, tive a impressão de que me vigiavam por trás das cortinas. Dezenas de olhos perscrutando meus movimentos. Gargalhei até sentir o estômago doer.

Sob a luz do sol, a palidez de Benjamim se mostrava ainda mais acentuada.

Não trocamos nada além de um sorriso tímido quando nos aproximamos um do outro em uma movimentada avenida no centro da cidade. Ainda em silêncio, Benjamim apontou para um estacionamento a céu aberto. O lugar era pequeno, malcuidado e não parecia oferecer muita segurança. Uma grade frágil de ferro circundava o terreno e um portão automático liberava a passagem de veículos. Confusa, procurei os olhos de Benjamim em busca de uma explicação, mas ele desviou sua atenção para o outro lado. Esse era o lugar correto? Não conseguia acreditar que ali havia funcionado a Escola de Artes e Ofícios, que no lugar daquele estacionamento existira o prédio neoclássico que eu vira em antigas fotografias na internet. Procurei novamente o olhar de Benjamim, mas ele não cedeu, continuava fingindo interesse em uma loja de roupas do outro lado da rua.

Quando sugeri visitar o antigo endereço da Escola de Artes e Ofícios antes de encontrarmos Violeta, Benjamim não demonstrou grande entusiasmo. Já devia ter percorrido aquele lugar centenas de vezes desde que descobriu a carta da amiga de sua mãe dentro do exemplar de *O morro dos ventos uivantes*. Ao meu lado, ele parecia incapaz de resistir à força do vento, como se pesasse tanto quanto uma folha de papel. Às vezes ele fingia coçar os olhos, mas eu sabia que isso era uma desculpa para tentar puxar os poucos cílios que ainda lhe restavam. Se estivéssemos no sótão do orfanato, eu afastaria suas mãos com um gesto brusco. Mas naquele momento eu não ousaria tocá-lo, não depois do que acontecera em nosso último encontro. Desejei que Benjamim fizesse alguma daquelas observações curiosas sobre o ambiente ao nosso redor. Mas, como o prédio que um dia ocupara aquele endereço, isso era algo que existia apenas no passado.

Apesar de não conhecer seu rosto, imaginei Leda atravessando corredores mal iluminados, entrando em salas que cheiravam a tinta e gesso, pescando um livro em uma vasta biblioteca. Por algum motivo, me via estranhamente ligada a Leda e Elena, como se minha vida fosse uma progressão da história iniciada pelas duas quando formaram uma amizade entre as paredes daquela instituição. Visualizei por alguns instantes a figura entre as sombras que aparecia em uma das fotografias da escola disponíveis na internet, e me senti deprimida ao pensar na implacabilidade com que o tempo apagava lugares e pessoas.

"Podemos ir embora?", perguntou Benjamim, por fim.

Concordei com um movimento da cabeça.

Paramos um táxi e permanecemos em silêncio durante todo o trajeto até o endereço de Violeta. O edifício de quatro andares em que a ex-diretora morava ficava localizado em uma rua silenciosa e arborizada na área nobre da cidade. Enquanto subíamos os degraus que levavam à portaria, senti que voltava no tempo até a tarde em que visitamos pela primeira vez o Museu de Belas-Artes. A cidade pareceu barulhenta e muito movimentada, a rua estava coberta de folhas secas, o sol projetava raios luminosos por entre os galhos. No entanto, tive a impressão de que os sentimentos de excitação e deslumbramento que experimentei naquele dia estavam perdidos para sempre.

Após tocarmos a campainha, fomos recebidos por uma mulher de rosto enrugado, cabelos longos completamente embranquecidos e voz rascante de quem havia fumado a vida inteira. Violeta nos puxou para dentro de um amplo apartamento com um abraço apertado e uma risada cacarejante em nossos ouvidos, como se fôssemos amigos de longa data. Ela emanava um cheiro forte de tabaco e perfume de sândalo.

A desordem era grande ali dentro. Caixas empilhadas por toda parte, estantes abarrotadas de livros, dezenas de quadros pregados nas paredes. Ao notar o espanto em nossos rostos, Violeta riu mais uma vez e explicou que havia anos tentava conseguir investimento da prefeitura para criar um museu sobre a Escola de Artes e Ofícios. Tudo o que restou da escola após o fechamento e a demolição se encontrava dentro daquelas caixas ou pendurado nas paredes. Livros de história da arte, manuais de desenho e pintura, moldes utilizados nas aulas de escultura, vídeos e todo tipo de trabalho que os estudantes tinham feito durante o período de atividade da instituição. Violeta acreditava que esse material oferecia um olhar precioso sobre o ensino artístico no país.

Benjamim pareceu empalidecer ainda mais enquanto ouvia a ex-diretora falar. Aquela mulher teria guardado algumas das pinturas de sua mãe?, era o que ele certamente se interrogava enquanto seus olhos percorriam com avidez o espaço ao seu redor. Com as mãos trêmulas, ele tirou a carta de Elena de um dos bolsos e a entregou a Violeta. Ela conseguiria descobrir alguma informação sobre aquelas duas ex-alunas?

Para a nossa surpresa, a mulher sabia exatamente onde encontrar cada papel, pasta ou livro dentro daquele labirinto de caixas e estantes. Após ler a carta, deduziu o ano em que as duas amigas frequentaram a escola e conseguiu localizar uma pasta abarrotada de documentos de uma turma de pintura de quase cinquenta anos atrás. Violeta nos entregou a pasta e recolheu os livros que ocupavam duas cadeiras para sentarmos.

Agarrado à pasta como se fosse um colete salva-vidas, Benjamim examinou cada pedaço de papel que encontrou ali dentro. Não demorou a esbarrar em evidências da presença de sua mãe naquela escola. Primeiro identificou seu nome em uma lista de estudantes, depois se deparou com um trabalho de pesquisa sobre arte japonesa tradicional e, por fim, achou uma fotografia de Leda em frente a uma parede cheia de pinturas. Benjamim permaneceu longos minutos em silêncio encarando a imagem da mãe, os olhos vidrados em seu rosto. Não era fácil deduzir o que ele pensava naquele momento, que desejos cruzavam seu peito enquanto olhava as feições de uma mulher que mal tinha conhecido. Ao me entregar a fotografia sem dizer nada, notei que minha garganta estava seca. Ansiava por colocar um rosto na figura que povoara meus pensamentos nos últimos dias. Rosto anguloso, pescoço comprido, sobrancelhas grossas e arqueadas, cabelo muito preto preso em um rabo de cavalo. Um sorriso discreto despontava em seus lábios finos. Ela vestia uma calça escura de alfaiataria e uma camisa branca de botões, a manga enrolada na altura dos cotovelos.

"Ela era linda", sussurrei para mim mesma, hipnotizada por aquela mulher de sorriso enigmático. Devolvi a fotografia. "Ela pintou esses quadros?"

Ainda em silêncio, Benjamim olhou o verso da fotografia e encontrou a seguinte inscrição em letras garranchosas: "Pinturas apresentadas ao final do curso pela estudante Leda Marino". Pintados com tinta aguada e sutil, os quadros exibiam imagens de árvores, um céu coberto por nuvens, o mar. Mesmo à distância, pareciam cenas etéreas, saídas de um sonho.

"É a primeira vez que eu vejo uma pintura de minha mãe", disse Benjamim, a voz embargada.

Continuamos analisando o conteúdo da pasta. Encontramos mais alguns trabalhos escritos pela mãe dele e outra fotografia. Dessa vez, Leda aparecia ao lado de Elena. Abraçadas, as duas amigas sorriam felizes. Benjamim descobriu inúmeras fichas com dados pessoais dos alunos, como números de telefone e endereços. Mesmo parecendo improvável que a família de Elena ainda vivesse no mesmo lugar depois de tantos anos, ele anotou o endereço em um caderninho que trouxera consigo.

Ao observar as duas fotografias, não consegui evitar a sensação de que o olhar de Leda penetrava meu corpo. Seu rosto parecia tanto revelar quanto esconder alguma coisa. Naquele momento, segurando as fotos com dedos suados, nada parecia mais inacreditável que a capacidade de criar algo com as próprias mãos, de fazer surgir um universo inteiro do vazio da tela. Aquelas pinturas sussurravam um segredo: como ocupar o mundo. Se aquela mulher teve sua vida praticamente apagada, tudo o que restava dela eram duas fotografias desbotadas e alguns documentos atestando sua presença em um curso de pintura, que garantias eu poderia ter de que o mesmo não aconteceria comigo? Tive vontade de agarrar um dos braços de Benjamim, olhar bem fundo nos seus olhos e dizer: "O que você está tentando fazer é impossível. Ela já desapareceu. Tudo está desaparecendo. Seremos os próximos".

Violeta estava realmente feliz por termos encontrado o que buscávamos. No entanto, ela não tinha nenhuma pintura de Leda em sua coleção de obras de arte de ex-alunos. Como ainda não trabalhava na Escola de Artes e Ofícios durante aquele período, ela também não podia dar outras informações sobre Leda e sua amiga. Em seu escritório, a mulher fez cópias dos trabalhos acadêmicos e das fotografias de Leda. Benjamim guardou os documentos originais em sua bolsa com cuidado, como se temesse vê-los se dissipar no ar a qualquer instante. Desejei ter uma cópia das fotografias, mas não consegui pensar em uma razão boa o suficiente para justificar o pedido.

Ao nos acompanhar até a porta, a mulher nos fez prometer retornar ao seu apartamento para compartilhar qualquer nova descoberta sobre Leda e Elena. Enquanto descíamos as escadas do edifício, me vi arrebatada por sentimentos cruéis. Incapaz de conter a avalanche em meu peito, despejei sobre Benjamim uma enxurrada de comentários mordazes sobre Violeta. Debochei de suas roupas, do cabelo desgrenhado, do seu perfume, do apartamento bagunçado, da ideia de criar um museu com aquele lixo acumulado ao longo de anos. Benjamim escutou meus comentários de maneira impassível.

Do lado de fora, ele de repente estacou o passo e, ainda com uma expressão imperturbável, me abraçou. Congelei no lugar em que eu estava, estarrecida por aquele contato físico inesperado.

"Muito obrigado por ter encontrado a Violeta", ele sussurrou em meu ouvido, como se não tivesse escutado uma palavra do que eu dissera. "Nunca acreditei que um dia eu fosse ver outra foto da minha mãe, nunca acreditei que um dia fosse ver uma pintura dela. Vou ajudá-la a descobrir o que aconteceu com a Andrea antes de ela morrer."

Sua voz deixou nos meus pensamentos um rastro de imagens do passado que estremeceu meu corpo. Por alguns instantes, me vi de volta ao sótão do Orfanato Retiro dos Pássaros. A penumbra carregada de poeira, a janela circular, os galhos das árvores se movendo do lado de fora, o brilho dos vitrais da igreja. Ele compreendia o que se escondia por trás dos meus comentários maldosos. Minha agressividade não o assustava, apenas despertava sua compaixão. Enquanto sua mãe surgia do passado como uma bela e enigmática pintora, Andrea continuava presa à forma monstruosa que sempre mostrara ao mundo. A pressão dos seus braços em meu corpo me fez notar o quanto eu tremia. Assustada, me desvencilhei com hostilidade do seu abraço.

“Preciso ir, tenho um compromisso do outro lado da cidade. Até mais”, eu disse, atropelando as palavras. Evitei seus olhos, dei meia-volta e me afastei antes que ele dissesse qualquer outra coisa.

“Volte”, eu disse para mim mesma, “volte e conte o que realmente aconteceu naquela noite, tantos anos atrás. Volte e se desculpe pelo que você fez.”

Mas as minhas pernas não obedeceram. Eu era como Andrea, presa dentro de mim mesma. Assombrada e sufocada pelos segredos que escondia.

16

"Onde você estava com a cabeça quando decidiu ajudar esse garoto a se esconder aqui?", perguntou Andrea, a voz trêmula de raiva.

"Eu não..."

"Não minta! Estou vendo a verdade estampada em seu rosto! Você não pensou nas crianças pequenas que vivem aqui? E se esse garoto fizesse algo com os órfãos? O que aconteceria conosco quando descobrissem que ele se escondeu no sótão com a sua ajuda?"

Sua mão acertou meu rosto como um chicote. Humilhada, meus olhos se encheram de lágrimas. O que Andrea imaginava que Benjamim poderia fazer com os órfãos? O mesmo que Tomás fazia comigo durante a madrugada?

"Como você conheceu esse garoto? Por que arriscou meu emprego para ajudá-lo? O que você acha que aconteceria conosco se outra pessoa tivesse entrado naquele sótão? Todo mundo sabe que você adora ficar lá em cima. Faz semanas que o Tomás tenta me avisar. Ele sabia que você estava aprontando alguma coisa... andando pelo casarão na ponta dos pés, passando horas no sótão..."

"Tomás o quê...?", balbuciei. A ideia de que aquele sujeito me vigiava me deixou atordoada. Tive a impressão de que dezenas de olhos invisíveis me perseguiam. Nenhum lugar parecia mais seguro.

"O Tomás sabia que você estava aprontando alguma coisa", repetiu Andrea, verificando se não havia ninguém por perto para ouvir nossa conversa. Ela continuava tentando manter em segredo o relacionamento dos dois, ainda que todos naquele orfanato soubessem que eles estavam juntos.

"Onde está o Benjamim?", perguntei, pouco me importando se receberia outro golpe no rosto.

"Onde você acha que ele está? Em casa! Se eu fosse o pai dele, quebraria a cara desse pirralho ingrato!"

"O pai do Benjamim é um bêbado", disparei, carregando as palavras com rancor e desprezo. "Vive batendo nele. O Benjamim deveria envenenar a comida dele."

Andrea apertou os lábios. Ela sabia exatamente o que eu sugeria com as minhas palavras.

"Não vou te proibir de procurá-lo", disse Andrea, um sorriso venenoso despontando nos lábios. "Duvido que o homem deixe o ingratinho colocar o nariz para fora de casa outra vez."

O semblante raivoso de Andrea se dissolveu completamente quando Irina apareceu do outro lado do corredor. Aproveitei o instante de distração para me afastar daquele lugar, ciente de que ainda precisaria lidar com as consequências das minhas palavras quando reencontrasse Andrea em nosso apartamento. Mas no momento eu só conseguia pensar na culpa que queimava em cada partícula do meu corpo. Tomás havia entrado no sótão atrás de mim. Benjamim ainda estaria a salvo se eu não tivesse sido tão imprudente.

Do lado de fora, a casa em que Benjamim morava estava com as portas e as janelas fechadas. O lugar continuava parecendo desabitado. Imaginei meu amigo sentado em uma cadeira no escritório de Irina, aguardando a aproximação do pai enquanto ouvia passos e vozes agitadas no corredor. Como ninguém notou o perigo que aquele homem representava? Por que o garoto fugiria de casa se estivesse tudo bem?

Um pesado cadeado passou a trancar a porta de entrada para o sótão do casarão. Deprimida por não ter mais esse esconderijo, pensei nas luzes dos vitrais da igreja, no baú decorado com paisagens chinesas, nos rangidos familiares do piso de madeira. De qualquer modo, como eu poderia continuar frequentando aquele lugar se qualquer barulho me faria suspeitar da aproximação de Tomás? O sótão já não era mais um refúgio ou um segredo irresistível.

Comecei a notar algo diferente nos olhares de Irina, uma inquietação difícil de decifrar. Em duas ocasiões, eu a encontrei observando a propriedade ao lado por uma das janelas do orfanato. O que a diretora estava pensando? Compartilhava a opinião da minha mãe de que Benjamim era uma criança ingrata e indisciplinada, ou desconfiava do pai do garoto? Às vezes o olhar inquieto de Irina fixava-se em mim, como se procurasse vasculhar meus pensamentos. Ela devia saber, eu dizia para mim mesma, que eu ajudara Benjamim durante todo o período em que o garoto estivera escondido no sótão.

Quase uma semana mais tarde, a falta de notícias sobre Benjamim começou a me angustiar. A casa ao lado do orfanato continuava trancada e silenciosa, como se ninguém morasse ali. O muro que dividia os dois imóveis estava em péssimas condições. Desnivelado, pouco firme, coberto de ervas daninhas. Uma chuva forte provavelmente o derrubaria. Escondida na pequena área arborizada que havia atrás do casarão, tateei o muro na esperança de encontrar uma fenda que me permitisse ver o outro lado. Levei alguns minutos para descobrir uma pedra solta e conseguir arrancá-la com cuidado. Por uma pequena abertura, me deparei com a área de serviço da casa: piso avermelhado, uma antiga máquina de lavar roupa, um tanque de pedra, uma porta de ferro que levava ao interior da residência.

"Benjamim!", chamei, decidindo arriscar. Torcia para que o pai dele não estivesse em casa naquele momento. "Benjamim!"

Quase no mesmo instante, ouvi passos apressados e o rangido da porta de ferro sendo aberta. Confuso, o garoto apareceu na área de serviço sem saber de onde vinha a voz que o chamava. O peso de um piano de cauda desapareceu das minhas costas. Ele parecia bem.

"Ana?"

"Estou aqui!"

"Como você conseguiu abrir esse buraco?", perguntou ao se aproximar de onde eu estava.

"Uma pedra já estava solta", respondi. "Como você está?"

Benjamim deu de ombros daquele jeito que eu conhecia tão bem: "Preferia estar no sótão do orfanato neste momento". Senti uma compaixão avassaladora por ele. Mordi minha própria língua para frear a vontade de chorar.

"Ele te castigou por você ter fugido?"

Silêncio.

"Sim", respondeu Benjamim, a voz mais rouca do que nunca, soando realmente infeliz.

"Espero que você consiga me perdoar", sussurrei.

"Perdoar você? Não foi sua culpa. A gente não tinha como prever que aquele sujeito entraria no sótão."

Olhei para o orfanato por alguns segundos e me encolhi atrás de uma árvore. Temia que Tomás estivesse naquele momento à minha procura, pressionando o rosto contra o vidro de uma das janelas. Não conseguia revelar a Benjamim que eu era o motivo daquele sujeito ter invadido seu esconderijo. Suspeitava que, se eu começasse a falar, as palavras jorrariam de maneira incontrolável para fora do meu peito. E eu não suportaria que Benjamim soubesse o que acontecia em meu quarto de madrugada.

"Seu pai está em casa?", perguntei.

"Não. Mas ele trancou a porta da frente para que eu não fuja outra vez."

"O que você pretende fazer?"

"Não sei. Não consigo entender o que a minha mãe viu nele. Às vezes... às vezes eu fico furioso por ela ter morrido e me deixado sozinho. Eu preferia que ele tivesse morrido no lugar dela."

Enquanto o ouvia falar, contemplei o homem sem rosto que me habituei a imaginar como meu pai. E revolvi por alguns instantes as mesmas perguntas que sempre povoaram meus pensamentos: quem ele era? Como minha mãe o conhecera? Por que ela nunca falava nele? Ele tinha mesmo morrido, como ela afirmava tantas vezes? Nas minhas fantasias, ele ainda estava vivo e quase sempre assumia a forma de uma pessoa completamente diferente de Andrea. Um homem gentil, carinhoso e protetor, alguém que faria qualquer coisa para me ver feliz. Essas reflexões nunca me levavam muito longe, e eu terminava sempre concluindo que a minha mãe provavelmente havia falado a verdade ao dizer que ele estava morto. Do contrário, ele teria encontrado uma maneira de entrar em contato comigo, de me conhecer, de me tirar do apartamento em que eu vivia com Andrea e Tomás.

"Quanto tempo você acredita que ele vai te manter preso dentro de casa? Você não vai mais para a escola?"

"Perdi muitas aulas e não vou conseguir passar de ano. Vou voltar para a escola apenas no ano que vem. Ele não pode me deixar aqui dentro a minha vida toda, não é?", disse Benjamim, incerto. "Quando o próximo ano letivo começar, ele vai ter que me deixar sair."

O desespero me roubou o ar dos pulmões. Ainda faltavam cinco meses para o próximo ano letivo. Não conseguia imaginar meus dias sem Benjamim. O que eu ia fazer sem o refúgio de nossa amizade? Pensei em todas as coisas desagradáveis que eu dissera a ele, e tive vontade de arranhar a pele do meu próprio rosto.

"Não entendo. Se ele não gosta de mim, por que se preocupou tanto em me encontrar? Pela maneira como sempre me tratou, parece que eu sou um estorvo."

"Ele sempre agiu desse jeito?"

"Não me lembro muito bem como eram as coisas antes de minha mãe morrer. Acho que ele sempre teve problemas com álcool."

"Fale sobre a Andrea", eu disse para mim mesma. "Fale que você também nunca entendeu por que ela sempre foi tão agressiva e distante. Explique que você sempre se ressentiu por ela não ser como as outras mães. Que você teme igualmente sua presença e sua ausência. Que ela parece enlouquecer quando está sob efeito de bebidas alcoólicas. Que você nunca vai perdoá-la por ter trazido Tomás para dentro de suas vidas." Mas eu engoli as palavras mais uma vez. Ouvi uma movimentação na parte de trás do orfanato e compreendi que alguém trazia as crianças para brincar naquela área.

"Tem alguém se aproximando, preciso ir! Podemos nos encontrar aqui amanhã?"

"Se meu pai me deixar sozinho de novo."

Saí do meu esconderijo atrás das árvores e corri pela passagem de carros para a parte da frente do casarão. Ouvi a porta de ferro dos fundos ranger ao abrir-se e a algazarra feliz das crianças correndo em direção aos brinquedos.

Após circular pelos corredores do orfanato por alguns minutos, ainda me perguntando o que fazer para arrancar Benjamim daquela casa, escutei as vozes de Andrea e Irina por uma porta entreaberta. Com cuidado para que não notassem minha presença, aproximei meu ouvido da porta. A diretora do orfanato estava alarmada com alguma coisa e parecia não querer dar importância às justificativas balbuciantes de Andrea. Aparentemente, Irina havia visto um feio hematoma em seu pescoço e se recusava a acreditar que se tratava de uma reação alérgica. A diretora insistia que poderia ajudá-la a enfrentar qualquer problema que estivesse passando, contando que vivera situação semelhante quando jovem e conhecia pessoas que garantiriam nossa segurança. Bastaria um telefonema. Andrea gaguejava jurando não se tratar daquilo que Irina sugeria, as manchas vermelhas em seu pescoço eram mesmo uma reação alérgica. Sua pele sempre fora muito sensível.

"Tudo bem", respondeu Irina, a voz expressando cansaço e consternação. "Minhas portas estarão sempre abertas para te ajudar. Pense na sua filha."

Ao ouvir passos em direção à porta, me afastei às pressas daquele lugar.

O jantar da noite anterior retornou aos meus pensamentos enquanto eu corria para fora do casarão. Incomodada com o silêncio furioso do namorado que se arrastava por dias, Andrea tentou mais uma vez obrigá-lo a dizer o que tanto o perturbava. Após ouvir a mesma pergunta três vezes, Tomás explodiu. Cadeira e pratos tombaram com estrondo no chão quando ele avançou sobre minha mãe. Sentada do outro lado da mesa, toda a energia escorreu para fora do meu corpo ao ver Tomás agarrar o pescoço de Andrea com as duas mãos e arrastá-la para o chão.

"Você é burra ou só idiota?", berrou Tomás, o rosto transfigurado de raiva. "Não percebe que não quero mais pensar naquele sujeito? Que eu quero esquecer que ele abandonou minha família outra vez?"

A cena era horrível demais, mas eu não consegui desviar a atenção, não consegui me mover ou correr para fora do apartamento. As mãos de Tomás eram como as garras de uma águia, fortes o suficiente para partir o pescoço de Andrea no meio. Os olhos e as veias da minha mãe pareciam prestes a explodir. Temi que ele a matasse naquele momento.

"Você me fez perder a fome", disse Tomás, largando o pescoço de Andrea como se ela fosse algo repulsivo. Pisando firme, o sujeito deixou o apartamento. O baque da porta batendo à sua saída atravessou meu corpo como a bala de um revólver.

"O que você está olhando?", perguntou Andrea, a voz falhando, enquanto tentava se pôr em pé. "Vá para o seu quarto!"

Levei alguns instantes para conseguir me desgrudar da cadeira. Em meu quarto, sentei na beira da cama e, catatônica, olhei para a janela. A escuridão do lado de fora parecia mais densa que o normal, como se aquele prédio estivesse localizado nas regiões abissais do oceano. Desejei que minha mãe entrasse no quarto e me envolvesse em seus braços. Mas, após alguns minutos intermináveis, compreendi que isso jamais aconteceria.

17

Por dias, não consegui pensar em nada além do abraço que Benjamim e eu demos em frente ao edifício onde Violeta morava. Quando eu fechava os olhos, via os prédios baixos e bem cuidados daquele bairro nobre, as nuvens passando no céu, a hesitação em seu olhar. De uma maneira que era impossível explicar, esse breve contato físico foi carregado de intimidade. Nada parecia mais revelador que a vibração do seu coração sobre o meu peito.

Andando de um lado para o outro entre os cômodos da casa de Andrea, me vi perdida em meio a um nevoeiro de sentimentos conflitantes. Queria retornar ao apartamento de Benjamim, olhar mais uma vez as fotografias de Leda, mas eu não sabia como sugerir um novo encontro. Temia que ele ainda pensasse naquele beijo desajeitado e carregado de desespero. Ao mesmo tempo, eu me sentia impelida a ligar para ele e dizer que fotografias e pinturas jamais diminuiriam a ausência de sua mãe, aquela busca pelo passado estava fadada ao fracasso desde o princípio. O desejo pela crueldade era tão forte quanto o desejo por repousar mais uma vez em seus braços. Lembrar que um dia conversamos por entre uma fenda minúscula em um muro desgastado, vislumbrando pequenas partes do rosto um do outro, me deixava ainda mais confusa, ainda mais perturbada. Era atordoante perceber como tudo se transformava tão rapidamente, como a vida que conhecíamos podia desaparecer em um piscar de olhos.

Quase como se tivesse lido meus pensamentos, uma semana após a visita ao apartamento de Violeta, Benjamim passou a ligar para o meu celular dia sim dia não. Durante essas ligações, ele falava o tempo todo sobre sua mãe, o que muito me agradava. Sentada no velho sofá de Andrea, eu ouvia sua voz e imaginava longos corredores que levavam aos ateliês de pintura da Escola de Artes e Ofícios. Leda os atravessava carregando telas e pincéis embaixo do braço, uma expressão determinada estampada no rosto. Pela primeira vez desde que nos reencontramos, Benjamim não soava deprimido ou abatido. Os documentos resgatados do arquivo de Violeta pareciam ter injetado ânimo em seu cotidiano. Nunca se sentiu tão ligado à mãe quanto naquelas horas em que admirava suas fotografias ou folheava seus antigos trabalhos de pesquisa. Mencionava as pinturas que apareciam ao lado de Leda nessas imagens como se tivesse gastado horas em um museu observando cada uma delas.

Descobrir o antigo endereço de Elena em um daqueles documentos reacendeu o desejo de encontrá-la. Benjamim compreendia que eram pequenas as chances de localizar a mulher naquele lugar, mas ele esperava obter alguma informação sobre seu paradeiro. Se não fosse pela grande quantidade de trabalho que precisava concluir, ele já teria ido até lá. Algo lhe dizia que Elena conhecia o destino das pinturas de sua mãe.

Depois do episódio com o pássaro morto deixado à porta da casa de Miranda, olhares desconfiados e sussurros passaram a me perseguir aonde quer que eu fosse. Célia se manteve à distância, certamente ainda muito abalada pela maneira como nossa última conversa terminara. Quando eu estava na rua, a mulher desviava o olhar com uma expressão amedrontada e pesarosa, e logo se afastava. “Velha estúpida”, eu repetia para mim mesma. Encontraria uma maneira de entrar em sua casa para destruir o jardim que ela cultivava com tanto esmero. Em algumas ocasiões, eu me divertia com aquela comoção exagerada ao meu redor. Devolvia os olhares incisivos com expressões de ironia e explosões de gargalhadas. No entanto, sempre que voltava a me trancar na casa de Andrea, me sentia oprimida, infantilizada e com raiva por toda a situação. Por que eu continuava naquela casa? Por que eu não me livrava dos pertences de Andrea e retornava ao meu apartamento? O que eu esperava descobrir entre aquelas paredes?

Continuei vigiando a casa de Miranda por uma fresta na janela. Em pouco tempo memorizei a rotina das duas. Elisa ficava particularmente manhosa assim que acordava, se recusando a sair da cama no horário ou oferecendo resistência para comer o que sua mãe colocava na mesa no café da manhã. Antes de levá-la para a escola, Miranda gastava longos minutos repuxando o cabelo da menina com um pente. Quem sofreria mais no futuro: a mãe frustrada ao constatar que a filha não era o que ela desejava, ou a filha oprimida e sufocada pelos desejos de uma tirana? Durante as horas em que a filha não estava em casa, Miranda assistia à televisão, fumava na janela ou conversava ao telefone. A mulher aparentemente não trabalhava. Ao voltar da escola, a menina tornava a reclamar das refeições preparadas pela mãe e precisava ser ameaçada com castigos severos para fazer as tarefas de casa. O momento de dormir era particularmente difícil. Elisa nunca queria desligar a televisão ou largar os brinquedos. De tanto observar mãe e filha, comecei a pensar que uma terceira figura era desnecessária naquele cenário. Parecia difícil imaginar o pai da menina ou um namorado inserido naquele contexto. Qualquer pessoa desequilibraria a harmonia que existia entre as duas.

Miranda proibira a filha de colocar os pés na rua sem a companhia de um adulto, medida que provocou grande conflito sob seu teto. “Quer que aquela mulher se aproxime de você?

Ela é louca igual à mãe! Talvez seja pior!", ela gritava para a filha durante as discussões, sua voz ecoando por toda a rua. Era isso o que as pessoas daquele bairro pensavam de mim? Que eu era louca como Andrea? Pensar nisso me enfurecia, me fazia querer berrar para todos que eu encontrasse que o pássaro morto havia sido apenas o começo. Eu encheria a casa deles de animais mortos, lixo e fezes.

Para o meu desagrado, descobri durante aquelas vigílias que Miranda tinha um namorado. O sujeito aparentava ser alguns anos mais velho do que ela e costumava chegar pouco antes de anoitecer em um carro grande e bonito. Nunca aparecia sem um presente para Elisa. Bonecas, roupas, livros, doces. Onde ele estivera nos últimos dias? Por que deixava as duas sozinhas naquela casa? Comecei a brincar com a ideia de que Miranda era sua amante. Durante aquelas ausências, ele vivia com sua legítima mulher, que não desconfiava do que acontecia bem embaixo do seu nariz.

A descoberta do namorado me fez sentir ainda mais conectada às duas, como se elas vivessem uma versão melhorada da vida que eu levava com Andrea. Ao encarar o casal na entrada da casa pela primeira vez, não pude evitar imaginar aquele homem em cima de Miranda, ambos suados, soltando gemidos guturais enquanto contorciam o rosto em expressões de prazer. Elisa ouvia os dois como eu sempre ouvi Andrea e Tomás? Ela entendia o que ocorria no quarto da mãe? Às vezes os gemidos de Andrea eram tão altos, como se fosse sua intenção me fazer ouvir o que acontecia dentro do seu quarto, como se ela desejasse me provar alguma coisa com isso.

Certa noite, sonhei novamente que me afogava. Incapaz de resistir à força das águas, me deixei arrastar e rodopiar em meio a um borrão de manchas negras. No fundo do oceano, experimentei a estranha sensação de abandonar meu próprio corpo enquanto observava o mundo na superfície se dissolver. Perturbada por imagens de águas revoltosas flutuando em meu espírito, a sensação sufocante de estar submersa persistiu mesmo após eu abrir os olhos.

Tentei voltar a dormir, mas parecia impossível acalmar meu coração. O relógio em meu celular indicava que eram quase quatro horas da manhã. A lua derramava uma luz prateada dentro da casa de Andrea, e por alguns instantes as paredes manchadas e os móveis velhos pareceram bizarramente irreconhecíveis. Ainda me sentindo sufocada e estranhamente exposta ao desconhecido, não consegui resistir ao desejo de ligar mais uma vez para o número que aparecia tantas vezes nos registros telefônicos de Andrea. Descobri que ansiava por ouvir os gritos da mulher que atendia. O desespero em sua voz parecia comunicar algo importante sobre minha mãe. Revelava uma parte obscura da sua vida que eu desconhecia.

No entanto, para minha surpresa, quem atendeu a ligação naquela noite não foi a mulher. O telefone tocou quatro vezes antes de uma voz masculina de timbre forte soar raivosa do outro lado da linha. Todo o meu corpo se contraiu quando aquele homem perguntou quem eu era e por que continuava ligando para o seu apartamento. Assustada, cobri a boca com a mão para não deixar escapar nenhum tipo de som.

"Não vai responder, covarde? Eu ainda vou descobrir quem você é!" Sua respiração era intensa e cheia de ruídos.

Quase derrubei o aparelho ao desligá-lo. Permaneci paralisada onde estava, o coração batendo acelerado dentro do peito. Quem era esse homem? Marido da mulher com quem eu costumava falar? Era seu irmão? Por que sua voz pareceu arranhar meu peito por dentro? Não me atrevi a acender as luzes, temendo que algo ou alguém saltasse para fora da escuridão. Senti que não estava mais sozinha dentro daquela casa, que olhos me espreitavam na escuridão.

Quando o dia por fim amanheceu, voltei a me concentrar em Miranda e Elisa. Novamente escondida atrás da cortina, ouvi a voz da menina flutuar para fora da janela enquanto narrava um sonho bobo que tivera na noite anterior. Em seguida, mãe e filha travaram uma discussão acalorada a respeito do penteado que a menina deveria usar naquela manhã. Minutos após as duas deixarem a casa, Elisa carregando uma mochila cor-de-rosa enorme, a garagem do lugar abriu suas portas e o carro do namorado de Miranda apareceu. Arrebatada por uma ânsia repentina, deixei meu esconderijo e corri para a rua. Gesticulando, pedi que o homem parasse o veículo e abaixasse a janela. Quando me viu, seu rosto não manifestou qualquer reconhecimento.

"Olá."

"Olá", respondeu o homem, desconfiado. De perto, percebi que ele era ainda mais velho do que havia pensado a princípio.

"Quer me acompanhar até minha casa?"

"Acompanhar você?"

"Isso. Venha comigo", eu disse, tocando a mão que segurava o volante. "Eu moro logo ali."

"Do que você está falando?" O homem soltou a mão com um gesto brusco.

"Eu deixo você me foder como se eu fosse a Elisa."

Ele empalideceu: "Você é a maluca que colocou o pássaro morto na porta da casa de Miranda, não é?".

"Venha comigo", agarrei sua mão novamente.

"Qual é o seu problema?", ele disse, se desvencilhando mais uma vez do meu toque. "Não volte a se aproximar das duas ou eu te mato!"

Humilhada, assisti ao sujeito arrancar com o carro e desaparecer do meu campo de visão. Retornei para casa com aquelas palavras rodopiando na minha cabeça: *Eu deixo você me foder como se eu fosse a Elisa.*

Horas mais tarde, meu celular tocou. Assustada, acreditei por alguns segundos que se tratava do mesmo homem com quem eu havia falado na última madrugada. Benjamim não esperou me ouvir dizer "alô" para revelar a descoberta que havia feito: o número que tanto se repetia nos registros telefônicos de Andrea pertencia a uma editora independente especializada em publicações acadêmicas. Em uma rápida busca na internet, Benjamim descobriu ainda que essa editora ficava muito próxima à praia em que o corpo de Andrea fora encontrado. O que isso significava? Ela tinha estado com essas pessoas antes de entrar no mar? Eles sabiam o que havia acontecido com ela naquela noite?

Ainda muito abalada pelo confronto com o namorado de Miranda, ouvi essas informações como se elas não significassem nada. Benjamim pareceu decepcionado pela frieza com que encerrei a ligação.

Despertei na manhã seguinte com a casa da minha mãe tomada por uma fumaça densa e escura. Levei alguns instantes para entender o que estava acontecendo, presumindo que o odor sufocante que dominava os cômodos vinha de algum sonho extremamente realista. Com a visão bloqueada pela fumaça, tateei o ambiente até encontrar minha bolsa e corri para a rua. O ar frio da manhã atingiu meu rosto como uma bofetada, arquejei enquanto enchia meus pulmões com sofreguidão. Não havia ninguém pelas ruas aquela hora, o dia ainda estava amanhecendo. Atordoada e trêmula, observei o fogo se espalhar pela casa rapidamente, devorando tudo o que encontrava pela frente. Como isso aconteceu?, eu me perguntava, hipnotizada pelo movimento agressivo das chamas, como a casa começou a queimar?

Tirei o celular do bolso, mas não consegui convencer meus dedos a discarem o número do corpo de bombeiros.

18

Não havia ninguém no apartamento quando entrei no quarto que a minha mãe agora compartilhava com Tomás. Ciente de que minha presença ali não seria apreciada, mantive a porta aberta para ouvir qualquer barulho que indicasse a aproximação dos dois. Andrea guardava parte do seu salário em algum lugar ali dentro. Eu ainda não sabia como ajudar Benjamim a sair da casa do seu pai, mas, independente do que acontecesse, com certeza precisaríamos de dinheiro.

O ambiente cheirava fortemente a cigarros e a cama era uma confusão de lençóis e travesseiros. Sobre a mesa de cabeceira, encontrei uma xícara com restos de café frio, um cinzeiro sujo, prendedores de cabelo quebrados, uma luminária torta e uma revista de fofocas amassada. Andrea havia deixado a revista aberta na página em que uma famosa atriz de novelas mencionava as dificuldades que enfrentara durante a separação. Vasculhei as duas gavetas do móvel, mas não achei nada além de algumas moedas.

Antes de fechar a segunda gaveta, meus olhos esbarraram em algo que eu não via há muitos anos. Entre canetas vazando e cartelas de comprimidos, encontrei a antiga caixinha de música de minha mãe. Pequena o suficiente para caber na palma da mão, o objeto era decorado por delicados desenhos de flores. Lembranças fugazes de tardes chuvosas em que eu ouvia a melodia suave do objeto encheram meu peito. Por algum motivo, algo naquela música me fazia pensar em uma solitária patinadora deslizando com elegância sobre a superfície lisa de um lago gelado. Toda vez que me pegava com sua caixinha de música, Andrea me ameaçava com castigos cruéis caso eu a danificasse. Depois de um tempo, decidiu escondê-la. Onde Andrea conseguira a caixinha de música?, me perguntei pela primeira vez. Não era do seu feitio gastar dinheiro com objetos supérfluos. Teria sido um presente? De quem? Receosa, abri a caixinha esperando que a melodia soasse tão bonita como eu me lembrava. No entanto, nada aconteceu. Está quebrada, pensei, tomada por uma estranha sensação de vazio. Notei que minha mãe havia escondido algo ali dentro. Desdobrei o papel e descobri que se tratava de uma fotografia. Um rapaz bonito com um sorriso alegre corria em direção à pessoa que o fotografava, como se esperasse arrancar a câmera de suas mãos. A paisagem ao fundo indicava que ele estava em um parque arborizado. Encarei o rosto daquele desconhecido tentando entender o que isso significava, quem era aquele rapaz, por que minha mãe tinha uma fotografia sua. A compreensão atingiu meu estômago como um soco. O nariz fino e comprido daquele rapaz era muito semelhante ao meu. Ele era o meu pai? Por que minha mãe nunca me mostrara essa foto? Permaneci imóvel por longos minutos, segurando com força o retrato enquanto tentava fixar as linhas daquele rosto. Despertei desse transe apenas quando ouvi um baque forte no apartamento ao lado. Mesmo com a janela fechada, eu conseguia escutar o trânsito pesado de fim de tarde. Andrea ou Tomás chegariam a qualquer momento, eu precisava me apressar. Assustada com os sentimentos que revolviam em meu peito, guardei a fotografia junto da caixinha de música e a devolvi à gaveta onde a encontrara.

Meio atordoada, abri as portas dos armários e olhei entre as roupas dos dois. Mais uma vez encontrei apenas algumas moedas. Em uma das gavetas, me deparei com os pertences de

Tomás: CDs, revistas sobre carros, isqueiros, fones de ouvido. Prestes a fechar a gaveta, um objeto meio escondido chamou minha atenção. Prendi a respiração ao perceber que o objeto em questão era um revólver. A compreensão dos danos que era possível causar com aquele instrumento me deixou atordoada. Por que Tomás precisava de um revólver? A arma estaria carregada? Onde ele guardava as munições? A presença daquele revólver evidenciava ainda mais algo que permeava intensamente a vida naquele apartamento: a sensação enlouquecedora e paralisante de impotência. Não havia nada que minha mãe e eu pudéssemos fazer para resistir à sua opressão, estávamos completamente à mercê de sua fúria. Fechei a gaveta do armário e deixei o quarto às pressas, tomada pelo medo irracional de que o revólver pudesse disparar sozinho a qualquer momento.

"O que você estava fazendo no meu quarto?", perguntou Andrea, sentada no sofá de maneira desajeitada. Notei que havia apenas um sapato em seus pés. Quando ela tinha entrado no apartamento? A caixinha de música e, principalmente, o revólver me deixaram tão atordoada que não ouvi a porta abrir.

Respondi com um dar de ombros. "Ela está bêbada", disse para mim mesma, sentindo o nó em minha garganta apertar. Andrea começara a beber durante o expediente no orfanato, provavelmente carregava no bolso do uniforme uma garrafinha com alguma bebida alcoólica para consumir enquanto limpava os cômodos do casarão. Era o que costumava causar suas demissões. Irina era uma pessoa muito generosa, mas dificilmente aceitaria esse tipo de comportamento. Quanto tempo levaria até dispensar seus serviços?

"Onde está o Tomás?", perguntei, tentando preencher o silêncio.

"Você finalmente começou a gostar dele", respondeu Andrea após uma longa pausa.

"Nunca!", eu disse, furiosa.

Andrea soltou um riso frouxo, desanimado: "Parece que a mãe dele está com problemas de saúde. Ele vai passar a noite com ela", e fez um gesto com as mãos indicando não se importar.

Receber informações de Andrea não era algo comum, normalmente ela ignorava minhas perguntas ou me silenciava com um olhar duro. Tive vontade de contar que havia descoberto o revólver de Tomás, que estava com medo, que não aguentava mais esse sujeito em cima de mim. Mas as palavras eram como pedras em minha garganta.

"Os pássaros...", disse a mulher em voz baixa, quase um sussurro. "Os pássaros..."

"Pássaros?", perguntei, surpreendida com a súbita mudança de assunto.

Seus olhos se perdiam do lado de fora da janela, onde os últimos raios de sol deixavam efêmeras manchas douradas em um céu parcialmente escuro. Na penumbra, seu rosto estava tomado por feias sombras.

"Os pássaros se escondem quando anoitece..."

"O que você quer dizer com isso?"

"Eu era tão jovem quando cheguei naquela casa..."

Andrea parecia catatônica, nada do que ela dizia fazia sentido. Temi que a qualquer instante ela perdesse a consciência e desabasse no chão.

"Não importa o que as pessoas digam, meus pais morreram por minha culpa", disse Andrea, o olhar ainda voltado para fora da janela. "Eu pedi tanto aos dois para me levarem ao parque de diversões que montaram em frente à nossa casa. Por algum motivo, nada parecia mais importante que andar naquela roda-gigante. Toda vez que eu perguntava o dia em que iríamos ao parque, minha mãe ria e dizia que tinha preocupações mais urgentes do que os desejos estúpidos de uma criança. Todos os seus gestos pareciam indicar como eu era supérflua para ela, o quanto minha presença pouco importava. Desejei que ela se machucasse, desejei que ela aprendesse uma lição, que deixasse de ser tão cruel. No mesmo dia em que alimentei esses pensamentos, meus pais morreram em um acidente de carro."

Não era a primeira vez que Andrea mencionava essa história. Recordei a noite em que encontramos um parque de diversões ao retornar de um supermercado, seu olhar cheio de angústia ao encarar os brinquedos.

"O veículo derrapou na pista molhada e bateu num poste de iluminação. Morreram antes de a ambulância chegar. Fiquei a noite inteira acordada, esperando os dois voltarem, ainda pensando no quanto eu queria estar no parque. Quem me encontrou foi nossa vizinha, que soube do acidente pela televisão no dia seguinte. Felizmente ela tinha o número de telefone dos meus avós paternos, a única família que então me restava. Meus avós maternos já não eram vivos e meus pais não tinham irmãos. Parece que ainda consigo ouvir minha avó chorando pela morte do filho. Os dois eram tão idosos, provavelmente ficaram mais assustados que eu com a minha súbita mudança para sua casa. Tudo se transformou de uma hora para outra. Deixei o lugar em que eu morava, a escola que frequentava, os amigos. Os dois viviam no interior do estado, em uma casa isolada na região rural. Ainda lembro da aparência do céu naquela primeira noite após a mudança." Andrea fechou os olhos e suspirou. "Tudo parecia tão próximo, as estrelas brilhavam tão intensamente. Tive a impressão de que eu poderia tocá-las se esticasse os braços."

Andrea se calou por alguns instantes e contemplou o vazio, parecia reviver as lembranças que compartilhava.

"Minha avó era uma mulher doce e gentil, mas andava com dificuldade e precisava cuidar do meu avô, que naquela época já estava muito doente. A casa tinha um cheiro forte de urina, medicamentos e naftalina. Os longos corredores cheios de ecos e os móveis antigos me aterrorizavam. À noite, o lugar rangia como um animal se preparando para atacar. Deitada na cama, eu levava horas para pregar os olhos. Sentia o peso do teto e das paredes comprimir meu corpo contra o colchão. Não adiantava chorar, ninguém ouviria, ninguém apareceria para me socorrer. Todas as noites eu rezava para que Deus trouxesse meus pais de volta. Eu seria uma boa filha, não mentiria, não quebraria nada, faria tudo o que minha mãe mandasse, seria a melhor aluna da escola. Mas as minhas orações nunca foram atendidas. Tive sonhos terríveis com aquele parque de diversões. Nunca havia ninguém nas filas, nas barraquinhas de comida ou nos brinquedos, mas tudo piscava e se movia sozinho. Eu corria de um lado para o outro, sem conseguir encontrar a saída, como se estivesse presa dentro de um enorme labirinto luminoso. Desejara tanto estar ali que agora não conseguia mais deixar aquele lugar..."

Para o meu horror, Andrea começou a chorar. Um choro doloroso, de lágrimas abundantes e feias expressões faciais. A existência de uma pessoa frágil por trás da carapaça dura que ela exibia ao mundo era uma ideia que me assustava. Imaginar uma realidade ao lado daquela versão menos agressiva de Andrea, uma pessoa que não temia ser sincera ou sensível, me deixava atordoada demais.

"Após algumas semanas naquela casa velha, comecei a me interessar por pássaros. Percorrendo a imensa área arborizada que havia perto da casa dos meus avós, descobri centenas de ninhos espalhados pelo ambiente. Aves de todos os tipos. Passava horas admirando as cores das penas, o formato dos bicos, a maneira como se deslocavam no céu. Às vezes eu me imaginava como um pássaro, e me perguntava como seria observar a cidade de grandes alturas, sentir o vento bater no rosto, a visão panorâmica, a possibilidade de ir para qualquer lugar.

Encontrei grande conforto nos momentos que passei na companhia daqueles animaizinhos. Durante as aulas, eu não ouvia uma palavra dita pelos meus professores, apenas enchia os cadernos com desenhos e poemas sobre pássaros."

Imaginei uma menina um pouco mais nova que eu percorrendo um campo cheio de árvores. Os raios de sol penetrando uma trama composta por galhos e folhas, o canto de inúmeros pássaros enchendo seus ouvidos, a predominância de um verde exuberante. A menina atravessava aquele ambiente repleto de luz, movimento e cheiros com os olhos atentos, à procura dos únicos amigos que possuía.

"Quando algum pensamento ruim me perturbava, bastava olhar para o céu e encontrar um pássaro para eu me acalmar. Por isso sempre temi tanto as noites, por isso elas sempre me pareceram tão longas e solitárias: quase não há pássaros. Depois de um tempo, parei de sonhar com o parque de diversões e comecei a sonhar com pássaros. Os sonhos eram sempre muito vívidos. Eu levava longos minutos para sair da cama apenas para aproveitar por mais alguns instantes aquelas imagens que rapidamente desapareciam nos meus pensamentos. Certa vez, sonhei que dezenas de pássaros invadiam meu quarto e sobrevoavam minha cama enquanto piavam uma bela melodia. Nunca esquecerei o som que produziram. Ao despertar, não pude acreditar quando me deparei com três pequenos pássaros de penas azuis encarrapitados na janela do quarto. Como se tivessem pulado para fora do meu sonho! Pareceu algo tão especial, tão mágico. Ainda guardo no peito o sentimento de deslumbramento daquela manhã, a esperança por dias melhores que encheu meu coração. A canção dos pássaros formou um núcleo forte em meu peito. Como uma fortaleza. Um refúgio para os dias ruins. Um lugar para proteger meus sonhos." Silêncio. Suas feições se tornaram ainda mais soturnas. "Ultimamente não importa quantas vezes eu sonhe com eles, não há pássaros aqui."

19

Célia gritou meu nome algumas vezes com sua voz esganiçada até conseguir chamar minha atenção.

"Precisamos ligar para o corpo de bombeiros!", disse a velha, agarrando um dos meus braços com suas mãos nodosas. Em que momento ela saiu de sua casa e me encontrou ali, observando o fogo consumir o que minha mãe deixara para trás? "Precisamos ligar para o corpo de bombeiros!"

"Não", eu respondi, me desvencilhando do seu toque. "Não há nada para salvar aí dentro. Tudo virou cinzas há muito tempo."

Mas a mulher não me deu ouvidos. Correu de volta para sua casa e voltou poucos minutos depois, dizendo ter feito a ligação. Quando a viatura do corpo de bombeiros finalmente chegou, a rua já estava cheia e não sobrava mais nada da casa da minha mãe. Respondi a um dos bombeiros que não sabia como o incêndio começara, tinha acordado com o lugar tomado por fumaça. Tive tempo apenas de sair correndo.

De uma das janelas de sua casa, notei a presença de Miranda encarando a cena com uma expressão impassível no rosto. Ela causou isso, eu pensei, ela incendiou a casa da minha mãe. Seu namorado provavelmente havia relatado nosso encontro no dia anterior. *Eu deixo você me foder como se eu fosse a Elisa*. O que a mulher tinha pensado ao ouvir essas palavras?

O fogo ainda persistia quando me esgueirei para longe. Caminhei a esmo por horas até parar um táxi. Depois de dias instalada na casa de Andrea, tive a impressão de que invadia a residência de outra pessoa ao entrar em meu próprio apartamento. De alguma maneira, os móveis, as paredes e a paisagem do lado de fora da janela estavam irreconhecíveis, como se eu tivesse despencado dentro de um sonho surrealista. Em breve terei que abandonar este imóvel, pensei, sentindo-me oca. O auxílio-desemprego estava quase no fim. Não fazia ideia de como encontrar outra ocupação. Como sobreviveria?

O cheiro de fumaça permanecia impregnado em minhas narinas. Não conseguia me livrar da imagem do fogo consumindo a casa de Andrea. A ideia de que aquele lugar não existia mais parecia incompreensível. Como era possível destruir algo que vivia com tanta intensidade dentro de mim? Desabei no sofá, deprimida por ter perdido para o fogo a fotografia dos meus bisavós e o desenho de pássaros que Andrea tirara de um mural do orfanato.

"A caixinha de música!", eu disse em voz alta, subitamente acometida por sua lembrança. O fogo também destruiu a antiga caixinha de música da minha mãe? De qualquer modo, se não terminou antes no fundo de uma lata de lixo, a essa altura o objeto não passava de plástico queimado.

O afogamento de Andrea, o pássaro morto, a casa em chamas. A realidade ao meu redor se dissolvia para se transformar em algo completamente diferente. A sombra que vivia dentro de mim já não podia mais ser detida, não restava nada a fazer além de assisti-la consumindo tudo. Desejos terríveis explodiam em meu peito. Dilacerar minha pele e me engasgar com o que havia de mais sujo e repugnante no mundo. Infligir dor e sofrimento às pessoas. Perder os contornos que definiam quem eu era, me confundir entre objetos e lugares. Nunca mais tomar consciência do passado ou do presente.

Levantei do sofá e comecei a andar pelo apartamento, entrando e saindo dos cômodos como se esperasse encontrar alguém perdido ali dentro. Abri e fechei gavetas. Peguei o telefone e o devolvi ao bolso diversas vezes. Para quem ligar? O que eu falaria com Benjamim? Como explicar o desejo por degradação que queimava em minha pele? Cocei insistentemente uma região do antebraço até provocar uma ferida. O que começou como uma pequena agitação em pouco tempo se tornou uma ansiedade insuportável, como se um peso intenso em meu peito me impedisse de respirar. Mesmo depois de tantos anos, eu ainda conseguia lembrar com clareza o momento em que encontrei o revólver de Tomás. Bastava fechar os olhos para vê-lo ali, dentro da gaveta, ao alcance dos meus dedos. O que teria acontecido se aquela arma não tivesse entrado em nosso apartamento?

Parecia que a qualquer momento as paredes ao meu redor desabariam sobre a minha cabeça. Quanto tempo eu conseguiria sobreviver sob os escombros? Talvez ninguém nunca me encontrasse. Descobri uma cartela velha de calmantes em uma gaveta no banheiro. Engoli todos os comprimidos com a ajuda da água da torneira e me arrastei até a cama, onde apaguei minutos depois. Despertei quase vinte horas mais tarde, a boca seca e o corpo dolorido. Ainda me habituava à realidade ao meu redor quando ouvi o telefone tocar. Os toques do aparelho pareceram marteladas em meu crânio. Era Benjamim. Pretendia visitar o antigo endereço de Elena naquela tarde, para ver se ainda morava por lá alguém que pudesse lhe dar notícias dela e de sua mãe. Como a ideia de passar o dia trancada dentro daquele apartamento me pareceu enlouquecedora, aceitei seu convite. Tomei um banho, vesti roupas limpas e desci o prédio utilizando as escadas. Me confinar dentro de um elevador, mesmo que por poucos minutos, me pareceu aterrorizante.

Assim que me acomodei no banco traseiro de um táxi, uma lembrança atravessou meus pensamentos como um raio: Benjamim havia localizado os proprietários da linha telefônica cujo número aparecia com tanta recorrência nos registros de chamadas de Andrea. O que ele disse exatamente sobre isso? Aquelas pessoas viviam próximas à praia em que o corpo de Andrea fora encontrado? A morte de Andrea estava diretamente atrelada àquelas ligações? Os editores tinham visto Andrea em seus últimos instantes com vida? Ao atender minhas chamadas, tanto a mulher quanto o homem não demonstraram saber o que estava acontecendo. Talvez Benjamim estivesse certo ao sugerir que eu deveria notificar a polícia...

"Não, não, não", disse em voz alta, sobressaltando o taxista. Eu não podia trazer a polícia de novo para dentro do meu cotidiano, não podia deixá-los investigar nossas vidas mais uma vez. Não conseguiria suportar a presença de policiais no estado em que eu me encontrava. Qualquer conexão existente entre as ligações de Andrea e seu afogamento deveria ser desvendada por mim.

Cravei as unhas na ferida que abrira no meu próprio braço no dia anterior. A dor quente que irradiou do ferimento ofuscou meus pensamentos por alguns instantes.

Benjamim me aguardava a uma quadra de distância do antigo endereço de Elena.

Ao me aproximar, sua boa aparência me surpreendeu. Seu rosto não exibia mais aquele tom pálido doentio; uma cor saudável coloria suas feições. Diferente dos outros dias, ele havia lavado e penteado os cabelos. Suas roupas também não apresentavam tantos vincos ou exalavam cheiro ruim. Quando me abraçou, seus membros me envolveram com firmeza. Descobrir mais sobre o passado de sua mãe realmente havia provocado efeitos positivos em seu cotidiano.

Aquela era uma região nobre da cidade, quase não havia lixo pelas ruas e os prédios se erguiam de maneira imponente em direção ao céu. O edifício em que Elena morara quando jovem tinha um enorme saguão decorado com mármore e exuberantes flores brancas. Recordei o prédio sujo e o apartamento caindo aos pedaços em que morara boa parte da minha infância. Naquela época, nada me causava mais vergonha e apreensão do que a pobreza. Como um vírus, ela parecia contaminar tudo ao redor, marcando nossos corpos como uma cicatriz feia. Ainda lembro como os músculos do meu rosto endureciam quando encaravam nossas roupas ou nos ouviam falar. Bastavam poucos segundos para que as pessoas compreendessem tudo sobre nossa vida.

Assim que adentramos aquele paraíso de mármore e luz, Benjamim explicou ao zelador do edifício quem éramos e o que buscávamos ali. Permaneci em silêncio durante toda a conversa, deixando meu olhar vagar pelas veias do mármore e pelo brilho intenso que emanava de um lustre enorme.

"Dona Elena e sua família não moram aqui faz cinco anos. Chegou um pouco tarde...", disse o zelador, completando sua frase com uma risadinha rouca.

"Eles deixaram um número de telefone ou endereço caso fosse preciso encaminhar alguma correspondência?" O zelador fez um gesto negativo com a cabeça. "Não existe ninguém no edifício que saiba como entrar em contato com a família?", sugeriu Benjamim, obstinado.

O homem pareceu prestes a fazer outro gesto negativo com a cabeça, mas aparentemente uma lembrança lhe ocorreu.

"Se não estou enganado, a família da dona Elena era grande amiga dos vizinhos de corredor. Talvez eles possam te ajudar."

O zelador ficou alguns minutos ao telefone, mas ninguém atendeu à sua chamada. Os amigos de Elena provavelmente não estavam no apartamento naquele momento. Ao ver a expressão frustrada que tomou conta do rosto de Benjamim, o homem decidiu compartilhar o número de telefone daquela família, ainda que fosse contra as regras do condomínio fornecer informações sobre os moradores. Benjamim despejou uma chuva de agradecimentos sobre o homem e me arrastou para fora do prédio.

"Eu não esperava mesmo que Elena ainda morasse nesse edifício depois de tantos anos", disse Benjamim, olhando para o número de telefone anotado em um papelzinho. "Mas agora sinto que estamos cada vez mais perto de encontrá-la."

Naquele momento, retornar ao isolamento em meu apartamento não era uma ideia que me agradava muito, por isso aceitei de bom grado estender aquele encontro por mais alguns minutos em um café, conforme sugeriu Benjamim. Algo tão banal quanto sentar em um lugar para tomar uma bebida quente me pareceu maravilhoso, distante daquela realidade em que a casa de Andrea ainda queimava. Como explicar para Benjamim o que havia acontecido sem mencionar Miranda e sua filha? Sem mencionar as minhas atitudes?

Entramos no primeiro café que apareceu em nosso caminho; assim que ocupamos um lugar próximo às janelas, Benjamim espalhou sobre a mesa um bolo de papéis que retirou de sua bolsa. Rapidamente distingui o rosto de Leda em meio às fotocópias de recortes de jornais e panfletos. Antes que eu tivesse tempo de perguntar o que era tudo aquilo, ele começou a falar. Poucos dias após a visita ao apartamento de Violeta, enquanto analisava mais uma vez as fotografias de sua mãe, ocorreu-lhe algo que ele deveria ter feito muitos anos antes. Sem perder mais tempo, sentou na frente do computador para escrever um e-mail ao setor de Documentação e Pesquisa do Museu de Belas-Artes. Esperava obter informações sobre a exposição a que Elena se referia em sua carta. A resposta veio acompanhada de um anexo com dezenas de imagens e textos. Fotografias da noite de abertura de uma exposição chamada *Silêncios e Abismos*, listas de obras expostas, fac-símile de cartas trocadas entre Leda e o curador do museu, cópias dos jornais que noticiaram o evento. Benjamim permaneceu dias debruçado sobre aquele material. Era bom finalmente ter uma comprovação externa da existência desse episódio na vida de sua mãe. Após tantos anos relendo obsessivamente a carta de Elena, ele tinha começado a pensar que tudo naquela correspondência perdida não passava de uma fantasia entre duas amigas.

As imagens sobre a mesa exibiam um evento com muitas pessoas. Leda aparecia sorridente e confiante cumprimentando seus convidados, como se não duvidasse de que aquele era o lugar a que ela pertencia. O material enviado pelo museu também continha imagens em primeiro plano de suas pinturas. Uma praia, um parque profusamente arborizado, uma rua sem transeuntes, o interior de casas, uma escrivaninha cheia de livros. Ambientes esvaziados em que a figura humana aparecia reduzida, confinada a uma existência silenciosa e carregada de dúvidas. Eram imagens banais, mas compostas por pinceladas sutis e uma luz etérea fascinante. De alguma maneira, os ambientes pintados por Leda pareciam questionar a existência humana, sugeriam a presença de um mistério insondável.

"Você não sente vontade de entrar nessas pinturas?", Benjamim perguntou. "Tudo parece carregado de uma melancolia nostálgica. Tenho a impressão de que nenhum mal conseguiria nos alcançar dentro dessas paisagens."

Incapaz de tirar os olhos do rosto de Leda, não respondi.

O garçom finalmente se aproximou com as bebidas, desviando nossa atenção por um momento. Ao pegar a xícara de café sobre a mesa, me descuidei e deixei à mostra por alguns instantes o ferimento em meu braço. Como se nada tivesse acontecido, ignorei o olhar alarmado de Benjamim. Depois que o garçom se afastou, ainda em silêncio, ele estendeu o braço sobre a mesa e suspendeu a manga da camisa, revelando uma feia cicatriz exatamente na mesma região do meu machucado.

"Fiz isso com uma chave quando ainda morava em Paris", ele confessou.

"Eu caí…", comecei, mas logo abandonei a mentira. Não tinha energia suficiente para sustentar a farsa.

Não dissemos nada por um momento. Quando finalmente quebrou aquele silêncio carregado de dúvidas, Benjamim balbuciou algumas palavras incompreensíveis antes de mergulhar em uma longa narrativa sobre o período em que morou na Cidade Luz. Durante toda a conversa, me vi de novo retornando às tardes no sótão do orfanato, quando, em meio à penumbra do lugar, confessávamos medos e sonhos um ao outro.

Até ouvir um dos seus professores falar sobre o programa de intercâmbio oferecido pelo consulado francês, Benjamim nunca tinha acreditado que um dia poderia escapar do ambiente opressor em que vivia com o pai. Enquanto seus colegas de classe sonhavam com longos passeios às margens do rio Sena ou visitas ao Museu do Louvre, ele fantasiava com a ideia de se instalar em uma cidade do outro lado do mundo e finalmente deixar para trás os fantasmas do passado. Descobriu que o processo seletivo era enorme e requeria dezenas de documentos. Pouco confiante quanto às suas chances de aprovação, Benjamim realizou a inscrição quase como se o assunto não o envolvesse. Na verdade, era assim que ele levava a vida nos últimos anos, vagando de um lugar para o outro como se nada ao seu redor tivesse aderência. Desconectado da realidade, atravessou as inúmeras entrevistas tomado por uma calma quase sobrenatural. Quando o processo seletivo por fim terminou, ele levou algum tempo para compreender o que significava ter seu nome na lista de contemplados para estudar por dois anos em Paris. Revelou ao pai o que pretendia fazer poucos dias antes de embarcar para a Europa. Perdido em uma densa bruma alcoólica, o homem não demonstrou qualquer interesse no assunto, assentiu para o filho como se o rapaz já não estivesse mais ali. Benjamim encheu sua mala com os poucos pertences que possuía e o desejo de se tornar outra pessoa.

Ao longo dos dois anos seguintes, Benjamim manteve uma rotina estoica. Dedicou-se com afinco aos estudos, descobrindo um amor pela língua francesa que nunca teria imaginado antes. Nos dias livres, visitava os inúmeros museus parisienses, imaginando a mãe ao seu lado sussurrando informações históricas sobre os quadros ou descrevendo técnicas de pintura. Nunca se sentiu tão conectado a Leda quanto naquelas tardes.

Após concluir o curso de idioma, Benjamim arrumou um emprego na loja de lembranças do Museu d'Orsay e decidiu permanecer no país por tempo indeterminado. Durante os intervalos, ele aproveitava para visitar suas obras de arte favoritas. Foi diante de uma pintura de Claude Monet que Dominique entrou em sua vida. Alguns anos mais velho, Dominique havia se formado em uma prestigiosa escola de artes e atualmente trabalhava ilustrando livros escolares. Como Benjamim, ele também gostava de ocupar suas tardes livres nos corredores dos museus. Depois de tantos anos escondido dentro dos muros que erguera ao seu redor, Benjamim descobriu como era fácil se apaixonar quando permitia que outras pessoas se aproximassem.

"Ainda hoje é difícil explicar exatamente como tudo aconteceu", disse Benjamim, agarrado à xícara de café. "De uma hora para a outra, minha vida passou a girar em torno de Dominique."

Dominique ocupava a cobertura de um prédio antigo no coração de Paris. O apartamento, que pertencia à sua família, era pequeno, pouco iluminado e malconservado. Ainda assim, Benjamim se apaixonou imediatamente pelo lugar e pela paisagem que se estendia fora das janelas de água-furtada. Blocos de edifícios antigos se sucedendo a perder de vista. A Torre Eiffel bem pequena ao fundo. O céu pálido derramando uma luz acinzentada sobre a cidade. Quando Dominique o convidou para morar com ele, Benjamim não pensou duas vezes. Aqueles primeiros meses ao seu lado foram os mais felizes de toda a sua vida. Nunca acreditou que um dia conheceria alguém a quem se sentiria tão conectado.

Ilustrar livros escolares não era algo que Dominique ambicionasse continuar fazendo por muito tempo, seu objetivo era um dia poder se dedicar exclusivamente à pintura. Ele ainda precisava encontrar uma galeria de arte interessada em representar seus trabalhos, o que vinha se mostrando mais difícil do que ele imaginara. Os curadores com quem se reunia não pareciam muito impressionados por suas pinturas. Ao longo dos meses, Benjamim notou como a dificuldade de Dominique em adentrar o circuito artístico o frustrava e o deixava propenso a intensas crises melancólicas. A princípio, Benjamim hesitou em aceitar a proposta de Dominique para abandonar seu emprego. Produzir as ilustrações e lidar com as editoras tomava muito do seu tempo, a ajuda de outra pessoa tornaria sua rotina menos estressante. O medo de ver o companheiro naufragar na própria melancolia convenceu Benjamim no fim das contas.

"Não me recordo exatamente quando as imposições começaram", disse Benjamim, as mãos ligeiramente trêmulas. Talvez essa fosse a primeira vez que ele falava sobre o assunto. "Dominique detestava que eu saísse do apartamento sem ele, sempre inventava algo para me ocupar por horas. Se ainda assim eu o deixasse sozinho, descobria que algo ruim havia acontecido durante a minha ausência. Ele se queimava com água quente, seu computador parava de funcionar, a janela quebrava com a força do vento, uma ilustração importante desaparecia. Ele obviamente parecia precisar da minha ajuda. Eu não conseguiria me perdoar se algo realmente ruim acontecesse com ele enquanto eu estivesse fora."

Benjamim emudeceu por alguns instantes. O café zumbia ao nosso redor: murmúrio de conversas, talheres batendo nos pratos, cadeiras sendo arrastadas.

"Era como se eu tivesse me tornado um prisioneiro. Ele controlava meus passos, o que eu comprava, o que eu comia e até o que eu pensava. Levei muito tempo para compreender a gravidade da situação em que me encontrava."

Segundo Benjamim, tudo mudou quando Dominique precisou desenvolver ilustrações para uma série de livros de uma importante rede escolar. Durante semanas, a quantidade imensa de trabalho dominou de todo a sua vida. Dominique praticamente deixou de dormir ou se alimentar bem. Quando finalmente concluiu as ilustrações e as entregou à editora, ele perdeu o controle sobre si mesmo. Não sabia por quanto tempo suportaria esse tipo de trabalho, detestava tudo o que produzia, sentia que desperdiçava sua vida e negligenciava suas pinturas. Assustado com a angústia explosiva do companheiro, Benjamim tentou acalmá-lo com palavras de apoio, mas nada do que dizia era capaz de aplacar sua ansiedade. Furioso, Dominique o calou com um soco no rosto que o derrubou no chão. Com a boca cheia de sangue, Benjamim permaneceu onde caiu por longos minutos, sem acreditar no que havia acontecido. Dominique deixou o apartamento e só retornou horas mais tarde, parecendo mortificado pela agressão cometida. Implorou pelo perdão de Benjamim, suas frustrações o consumiram e o cegaram. Nunca mais permitiria que algo assim voltasse a acontecer.

Mas aconteceu, e aos poucos Benjamim passou a colecionar ferimentos. Os descontroles de Dominique se tornaram constantes, tudo era capaz de fazê-lo perder o equilíbrio. De alguma maneira que ele mesmo era incapaz de compreender, Benjamim acreditava merecer cada uma das punições. As agressões eram sempre seguidas de efusivos pedidos de desculpas, promessas de mudança e juras de amor incondicional. Dominique cuidava dos seus ferimentos com devoção, e, por alguns instantes, Benjamim conseguia esquecer os atos de violência e sonhar que a relação dos dois retornaria aos estágios iniciais.

Certa noite, Benjamim acreditou genuinamente que perderia sua vida.

Logo após o jantar, Dominique deu início a uma série de acusações completamente infundadas. Por algum motivo, ele começou a acreditar que Benjamim se encontrava às escondidas com outras pessoas. Não bastavam as inúmeras rejeições ao seu trabalho, Benjamim ainda pretendia abandoná-lo. Todos sempre o deixavam sozinho. Nenhum argumento o impediu de continuar desferindo acusações e xingamentos. A situação se agravou quando Dominique agarrou o pescoço de Benjamim e o estrangulou contra uma parede. Benjamim nunca o viu tão furioso quanto naquele momento. O homem parecia um animal sedento, os olhos injetados prestes a saltar para fora do rosto e o queixo tenso projetado para a frente. Após soltar o pescoço de Benjamim, Dominique esmurrou seu rosto e chutou seu estômago até fazê-lo vomitar. Largado no chão, a boca cheia de sangue e a certeza de que havia quebrado algum osso, Benjamim não ofereceu resistência quando suas roupas foram arrancadas do seu corpo. Ainda despejando ofensas, Dominique o arrastou para fora do apartamento, o obrigou a descer as escadas e o atirou completamente nu na rua. Nevava intensamente naquela noite, e Benjamim permaneceu longos minutos do lado fora, berrando a plenos pulmões enquanto socava a porta do edifício. Quando finalmente pôde voltar para o apartamento, descobriu que a neve havia queimado a sola dos seus pés.

Levou muito tempo até Benjamim conseguir se recuperar fisicamente dessa noite. Assim que se sentiu um pouco mais forte, reuniu seus pertences e deixou Dominique sem avisar. Durante meses, este encheu sua caixa de mensagens com ameaças: ora prometia matá-lo quando o encontrasse, ora prometia tirar a própria vida se ele não retornasse. No mesmo dia em que recebeu a primeira mensagem de Dominique, Benjamim começou a se ferir. Tentou permanecer na França, mas descobriu que seria impossível continuar naquele país sob a ameaça de um reencontro. Ainda hoje, Benjamim se perguntava se Dominique cumpriria o que prometera se o encontrasse. Ainda hoje, ele sonhava que estava ferido e sem roupas em meio à neve.

"Tentar entender o que aconteceu com minha mãe trouxe um propósito à minha vida", admitiu Benjamim. "Tentar me aproximar dela, descobrir melhor quem ela era, tem me mantido longe de pensamentos ruins."

Um silêncio pesado se abateu sobre nossa mesa. Incapaz de encontrar as palavras certas, evitei o olhar de Benjamim enquanto despejava açúcar no café frio que ainda restava na minha xícara. Durante os últimos minutos, não consegui deixar de lado as imagens do passado: os gritos, os móveis quebrados, os xingamentos, o choro. Mesmo depois de tantos anos, ainda era espantoso constatar como nossas vidas continuavam se espelhando.

As fotografias de Leda ainda estavam sobre a mesa. Em uma delas, a mulher encarava a câmera com aqueles olhos negros profundos. De alguma maneira difícil de explicar, tive a impressão de que seu olhar parecia prever as tragédias que se abateriam sobre nossas vidas. Quando Benjamim deixou nossa mesa para ir ao banheiro, peguei uma das imagens e a escondi dentro da minha bolsa.

20

"Não há pássaros aqui, não há pássaros aqui, não há pássaros aqui...", repetia Andrea, encarando o céu pela janela.

Todo o meu corpo tremia, como se uma corrente de ar frio tivesse invadido o apartamento e penetrado em meus ossos. Algo profundo e indizível havia despertado dentro do meu peito durante o relato da minha mãe, imagens que pareciam gravadas na minha alma desde antes de eu nascer. As luzes do parque de diversões manchando as paredes do seu quarto, a casa velha dos seus avós rangendo ao longo da madrugada, pássaros rodopiando no ar.

"Meu pai está realmente morto?", perguntei, a voz quase um sussurro inaudível. Apareceu diante dos meus olhos o rosto daquele rapaz bonito, cuja fotografia eu encontrara dentro de sua caixinha de música. "Ele poderia nos ajudar..."

"O que você perguntou?", questionou Andrea, desviando o olhar da janela e parecendo subitamente sóbria.

"Meu pai está morto? Ele poderia nos ajudar", repeti, embora ciente de que havia cometido um erro.

"Seu pai morreu há muitos anos", respondeu Andrea, os dentes trincados. "Por que você está falando sobre isso agora? Você não o conheceu, não sabe como ele era. Mesmo se estivesse vivo, ele jamais faria qualquer coisa por nós. Não precisamos de sua ajuda, não precisamos da ajuda de ninguém. O que você estava fazendo em meu quarto? Eu sempre fiz tudo por você, mas nunca é o bastante. Você está sempre querendo mais. É uma sanguessuga! Quem você pensa que é para julgar como eu vivo minha vida? Saia da minha frente antes que eu quebre o seu pescoço!"

Andrea tentou se levantar, mas ainda estava bêbada demais e tombou no sofá. Corri para fora da sala e, depois de me fechar no meu quarto, afundei o rosto no travesseiro para abafar o choro. Como uma criança que escrevia poemas sobre pássaros se tornara uma mulher tão agressiva? Ela ainda tinha esses cadernos? Por que parecia tão importante folhear essas páginas? O que eu esperava descobrir entre os rabiscos de uma criança infeliz? Permaneci na mesma posição até adormecer. Tive um sono agitado por imagens de pássaros agressivos me perseguindo por uma floresta imensa. Despertei assustada por volta das quatro da manhã e não consegui voltar a dormir.

Manter a atenção durante as aulas daquele dia foi impossível. Qualquer barulho me provocava taquicardia. Uma cadeira arrastando no chão, uma porta rangendo ao ser aberta, uma janela batendo com a força do vento. Ao me aproximar do Orfanato Retiro dos Pássaros, evitei os ambientes onde poderia encontrar minha mãe. Suas palavras ainda me assombravam, meus sentimentos em relação a ela pareciam confusos. O álcool havia deixado algum registro da noite anterior em seus pensamentos?

Durante horas rondei o muro que separava o orfanato e a casa de Benjamim, ansiando por sua aproximação. Próximo do fim da tarde, ouvi sua voz sussurrar meu nome. Por uma fenda minúscula na parede, tive pequenos vislumbres de seus olhos, inquietos e cheios de preocupação. Seu pai havia saído sem dizer aonde ia, o que significava que nossa conversa precisava ser rápida. Antes que o garoto iniciasse qualquer assunto, contei sobre o relacionamento entre Andrea e Tomás e a descoberta do revólver na noite anterior.

"Por que você nunca me falou sobre o relacionamento da sua mãe com esse sujeito?", perguntou, por fim.

"Tive vergonha", respondi, em voz baixa.

"Eu preciso te contar uma coisa", disse Benjamim, sua voz soando realmente infeliz. "Meu pai quer ir embora desta casa o mais rápido possível."

"O que aconteceu?", perguntei, sentindo o chão vacilar sob meus pés. "Onde vocês pretendem morar?"

"Não sei", o garoto choramingou. "Eu o ouvi ontem ao telefone falando com alguém sobre o assunto, parece que vamos para outra cidade. Ele disse que foi muito infeliz nesta casa e que não consegue encontrar trabalho em lugar nenhum por aqui." Silêncio. "Mas eu não quero ir embora. As poucas lembranças que guardo da minha mãe estão ligadas a este lugar."

As palavras entalaram em minha garganta. O que aconteceria com a nossa amizade quando eles partissem? Nunca consegui confiar em ninguém antes de Benjamim, a ideia de perdê-lo era horrível demais. Queria atravessar aquele muro e me atirar em seus braços, apertar seu corpo contra o meu com tanta força até deixar uma marca permanente em minha carne.

"Eu queria estar escondido no sótão do orfanato neste momento", disse Benjamim, dando voz aos meus pensamentos.

Antes que eu fosse capaz de pensar em algo para dizer, sons de passos chegaram até onde estávamos. Não tivemos tempo de nos despedir.

Tomás retornou da casa de sua família ainda mais atormentado. Embora não tenha dito uma palavra sobre o assunto, deduzi que o paradeiro de seu pai continuava desconhecido. Quando não passava horas desaparecido, ele agia como um animal enjaulado, andava em círculos dentro do apartamento, remexia o conteúdo das gavetas como se procurasse algo muito importante, ligava e desligava a televisão. Nas poucas ocasiões em que conversava com Andrea, reclamava de dores terríveis no estômago, como se o interior do seu corpo estivesse em chamas. A frustração e a raiva o enlouqueciam, e isso era aterrorizante de assistir. Certa manhã, assim que ele apareceu no orfanato, Irina o chamou em seu escritório e, sem maiores explicações, o dispensou. Isso apenas o deixou mais agressivo e desconfiado. Questionou Andrea diversas vezes sobre o que conversara com Irina nas últimas semanas, se falara algo sobre ele para a diretora do orfanato. Andrea negou cada uma das acusações, mas não foi o suficiente para acalmá-lo. Nas noites em que Tomás invadia meu quarto, a expectativa de sua aparição era enlouquecedora, dormir tornara-se praticamente impossível. Ao ouvir seus passos no piso de madeira, meu corpo enrijecia sobre a cama e algo pesado parecia entalar em minha garganta. "Eu estou morta, eu estou morta, eu estou morta", eu dizia, em silêncio, para mim mesma, forçando minha consciência a escapar daquela situação.

Uma noite, as vozes alteradas de Andrea e Tomás preencheram mais uma vez o interior do nosso apartamento. Isolada no meu quarto, senti minha pele enrijecer enquanto me perguntava o que havia desencadeado aquele novo conflito. Temerosa, levantei da cama e me aproximei da porta para ouvir melhor o que diziam. Tomás despejava uma enxurrada de xingamentos sobre Andrea, que procurava tranquilizá-lo com palavras titubeantes. Pelo que consegui depreender da discussão, sua irmã por fim havia localizado o pai dos dois, mas se recusava a revelar o seu paradeiro. Com o coração batendo dolorosamente acelerado dentro do peito, tentei encontrar sentido nos pensamentos disparatados que ameaçavam me sufocar. Se Tomás realmente o matasse, a polícia acusaria minha mãe de cumplicidade? Ao tentar escapar das autoridades, ele nos levaria junto? Em que lugar viveríamos? Tive vontade de irromper na sala para exigir que Andrea fizesse silêncio, que não o provocasse, que o deixasse berrar o quanto quisesse.

"Não faça nenhuma besteira!", implorou Andrea aos prantos. "Talvez o sumiço do seu pai possa ser explicado de alguma maneira!"

Compreendi que Andrea havia dito a coisa errada antes mesmo de ouvir o forte estrondo que reverberou nas paredes do apartamento. Por um segundo, acreditei que Tomás havia finalmente usado seu revólver. Cambaleante de medo, deixei meu quarto em direção à sala. Precisava descobrir o que havia acontecido. Escondida na penumbra do corredor, vi Andrea e Tomás no meio da sala, um diante do outro. Andrea o encarava com uma expressão horrorizada, enquanto Tomás segurava a própria mão ensanguentada. O vidro da janela estava quebrado e espalhado pelo chão.

"Você é burra ou surda? Não ouviu nada do que eu disse? Ele já fez isso antes, essa não foi a primeira vez que ele desapareceu! Toda essa situação estressante piorou muito a saúde da minha mãe!"

"Eu entendo. Mas não há nada que você possa fazer sobre isso", disse Andrea, incapaz de desgrudar os olhos do ferimento que Tomás havia aberto na própria mão. O sangue jorrava aos borbotões. "É melhor tentar esquecê-lo!"

"Eu não vou esquecer!", urrou Tomás.

"O que está acontecendo?", "De onde estão vindo esses gritos?", "Parece que alguém quebrou uma janela", disseram vozes de apartamentos vizinhos. Torci para que alguém chamasse a polícia.

"Por favor, tente ficar calmo", Andrea insistiu mais uma vez. "Tente esquecer o que aconteceu."

"Vagabunda estúpida!", berrou Tomás, agarrando Andrea pelo pescoço e esfregando a mão ensanguentada em seu rosto. "Estou farto de ouvir as merdas que você diz! Como vou ficar calmo ou esquecer o que ele fez com a minha família?!"

Tomás a soltou como quem se livra de um inseto repugnante. Após assistir ao namorado sair do apartamento, Andrea desabou no chão. Parecia não acreditar no que havia acontecido, olhava o ambiente ao seu redor em busca de algum tipo de explicação. Devo ter deixado escapar um suspiro porque seus olhos subitamente se voltaram na minha direção. Por alguns instantes, permanecemos magnetizadas pela presença uma da outra. Rompi o contato visual ao perceber que não conseguia continuar encarando-a. O estado em que ela se encontrava era horrível demais. Retornei às pressas ao quarto. Apaguei as luzes, deitei na cama e fechei os olhos.

O dia seguinte amanheceu cheio de nuvens negras cobrindo o céu. Ao me aproximar da escola, o portão de entrada a poucos metros de distância, decidi dar meia-volta e caminhar a esmo pela cidade. Como um fantasma, eu sentia meu corpo deslizar pelas ruas, quase como se eu não possuísse materialidade. Para onde quer que eu olhasse, via Andrea em todas as pessoas: o mesmo rosto aterrorizado coberto de sangue me encarando de volta.

Horas mais tarde, quando comecei a sentir exaustão por aquela longa caminhada, me dirigi ao orfanato. A essa altura, a prometida chuva finalmente havia começado a cair. A água despencava das nuvens de maneira estranhamente silenciosa, enchendo ruas e calçadas com imensos espelhos. Em alguns momentos, tive dificuldade em dizer onde estavam as nuvens. Ao ver as plantas e as flores da horta do orfanato inchadas de água, senti meu peito perfurado por uma tristeza fria e pungente.

Dentro do casarão, a água escorria abundante pelas janelas. As sombras projetadas nas paredes transformavam o lugar em um imenso e misterioso aquário. O vento sussurrava uma melodia triste pelos corredores. Das salas, ouvi as vozes excitadas das crianças. Quando tinha sido a última vez em que eu aproveitara uma tarde no casarão sem preocupações?

Lembranças de horas passadas na pequena biblioteca ou no escritório de Irina pareciam pertencer a uma outra pessoa. De qualquer modo, eu não conseguia me imaginar folheando os livros velhos da biblioteca enquanto aquela ameaça pairava sobre a minha cabeça. Desejei intensamente poder encontrar Benjamim escondido no sótão. Admiraríamos em silêncio a chuva varrer as casas do bairro, o colorido dos vitrais da igreja, o movimento dos galhos das árvores.

O casarão não existe mais, sussurrou uma voz em meu ouvido, soprada de lugar nenhum. Os longos corredores, as janelas imensas e a decoração em gesso chegavam aos meus olhos como imagens pouco definidas, nada além de ruminações de uma vida que já não me pertencia. Toquei uma das paredes e tentei me concentrar em sua aspereza, queria confirmar que eu ainda estava ali, que eu ainda era parte daquela realidade. Mas nenhum sentimento de reconhecimento despertou em meu corpo.

"Ana?"

Assustada, me virei na direção da voz. Para o meu alívio, encontrei apenas Irina do outro lado do corredor.

"Como você está? Faz algum tempo que não conversamos", disse a mulher ao se aproximar. Alguns dos seus dentes da frente estavam manchados de batom, o que preencheu meu peito de um afeto profundo e triste. Seu olhar revelava preocupação.

Respondi à sua pergunta com um sorriso tímido.

"Quer vir comigo até a cozinha? Preparamos uma jarra enorme de suco de laranja", propôs com um sorriso caloroso em seu rosto.

Pousando delicadamente a mão em um dos meus ombros, Irina guiou meus passos pelos corredores do casarão. Não havia ninguém na cozinha naquele momento, e a lembrança da última vez em que eu tinha colocado os pés ali me deprimiu. Como Benjamim havia voltado a viver com o pai, eu não precisava mais invadir aquele lugar para roubar comida. Panelas presas ao teto, azulejo branquíssimo, a chuva batendo na janela, o sorriso discreto e acolhedor de Irina. Senti meu estômago apertar e uma vontade quase irresistível de chorar. Irina tirou uma jarra grande da geladeira, serviu a bebida em um copo transparente e me entregou. Ocupamos a mesa que havia no centro da cozinha.

"Tudo bem se eu te fizer algumas perguntas?"

Consenti com a cabeça. Tomei um pequeno gole do suco.

"Você ajudou o menino que mora na casa ao lado a se esconder aqui?"

Permaneci em silêncio por alguns instantes antes de concluir que mentir seria inútil. Respondi mais uma vez com a cabeça. Desejava que ela me abraçasse exatamente como fazia com as outras crianças.

"Por que ele precisava se esconder?"

Dei um longo gole no suco para ganhar tempo e pensar. Não queria trair a confiança de Benjamim. "Problemas em casa", respondi, por fim.

Em silêncio, Irina assentiu com a cabeça e perscrutou meu rosto por alguns segundos, como se tentasse descobrir em minhas linhas de expressão aquilo que eu não queria revelar.

"O que você acha que pode acontecer agora que ele voltou para casa?"

Encarei o interior do copo.

"Você acha que ele não está seguro com o pai?"

Continuei evitando seu rosto.

"Você está segura no apartamento em que mora com a sua mãe?"

Assustada com a repentina mudança no rumo da conversa, ergui os olhos do copo e encarei Irina. O rosto da mulher era uma máscara inexpressiva. Desviei os olhos, temerosa de que ela pudesse ler meus pensamentos e ver o que acontecia em nossa casa.

Irina ajustou os óculos no rosto: "Você não precisa dizer em voz alta, basta movimentar a cabeça ou fazer um gesto com as mãos. Vou perguntar novamente: você e sua mãe estão seguras no lugar em que moram?".

21

A fotografia de Leda permanecia dentro da minha bolsa.

Imaginar aquela mulher em um ateliê mal iluminado, diante de uma tela em branco, me provocava uma estranha sensação de conforto. Pilhas de livros em um canto, chassis para telas amontoados no outro, o chão gotejado de tinta. Uma luz indefinida e difusa vinda do lado de fora das janelas manchando as paredes.

Caminhando errante pela cidade, eu tirava a fotografia de Leda da bolsa e encarava seu rosto por alguns instantes, desejando me tornar uma personagem em suas pinturas. Mesmo as reproduções em preto e branco dos seus quadros pareciam comunicar algo profundo e indizível. Um segredo que artistas de todo o mundo sussurravam um para o outro ao longo de milhares de anos.

"Me diga o que fazer", eu sussurrava para a fotografia. "Me diga para onde ir!"

Poucos dias após nosso último encontro, Benjamim me mandou algumas mensagens demonstrando interesse em me acompanhar até o endereço daquela pequena editora de livros acadêmicos que ele havia descoberto na internet. Encontrar aquelas pessoas e tentar arrancar alguma informação delas não seria uma tarefa tão simples, e ele queria estar ao meu lado da mesma maneira que eu estivera ao seu nas últimas semanas. Benjamim acreditava que não deveríamos dizer quem éramos. Se aquelas pessoas estavam realmente envolvidas com a morte da minha mãe, não diriam tão facilmente o que tinha acontecido se soubessem quem eu era. Como não demonstrei iniciativa para elaborar um plano, Benjamim tomou a tarefa para si. Após falar com eles por telefone, meu amigo descobriu que aquela era uma editora de fato muito pequena e que toda a parte administrativa funcionava em um escritório no próprio apartamento do casal. Fazendo-se passar por um professor de história da arte, Benjamim demonstrou interesse em realizar uma associação para publicar pequenos livros sobre artistas ainda pouco conhecidos. Propôs um primeiro encontro apenas para discutir inicialmente o projeto. Uma vez dentro do apartamento, ele esperava que eu encontrasse qualquer coisa que desvendasse aquele mistério.

Na noite anterior ao encontro, a expectativa de associar um rosto às vozes temerosas que eu tinha ouvido por telefone quase me enlouqueceu. Após horas circulando pelo apartamento de maneira inquieta, como um rato de laboratório dentro de uma gaiola apertada, peguei uma tesoura e fiz diversos cortes na região interna das minhas pernas. Delirando de dor, deixei meu apartamento e entrei no primeiro ônibus que apareceu na minha frente, esperando que a velocidade do veículo ao cruzar ruas e avenidas me fizesse perder a noção de tempo e espaço; que durante essa viagem rumo a lugar nenhum eu esquecesse quem era e tudo o que havia acontecido comigo.

Depois de alguns minutos dentro do ônibus, notei o olhar insistente de um sujeito sentado a alguns bancos de distância. Pressionei um dedo no ferimento em minha perna e devolvi o olhar com uma expressão de desafio no rosto. Presumindo que ele me seguiria aonde quer que eu fosse, levantei do meu assento quando o ônibus parou e desembarquei sem saber que lugar era aquele.

"Como você se chama?", ele me perguntou, o ônibus levantando poeira ao se afastar.

"Leda", respondi.

Não ouvi como ele se chamava, meus pensamentos flutuando bem longe dali. Em silêncio, o sujeito agarrou minha mão e me conduziu por entre as ruas apertadas daquele bairro pobre e desconhecido. Paramos ao encontrar um lugar vazio atrás de uma escola abandonada. Naquele ambiente sujo e pouco iluminado, permiti que ele me penetrasse. O ato sexual durou poucos minutos, ele logo notou os cortes em minhas pernas e se assustou. Tentei impedir que ele saísse de dentro de mim, mas não consegui. Enquanto ele puxava as próprias calças, mordi sua bochecha esquerda com força até sentir o gosto do seu sangue. Ele gritou, esbofeteou meu rosto e se afastou me chamando de "piranha maluca". Sozinha e sem saber onde eu estava, comecei a sentir dificuldade em respirar, como se algo em minha garganta bloqueasse a passagem de ar. Consegui me acalmar somente depois de pressionar com força as feridas em minhas pernas.

Levei horas para descobrir o caminho de volta para casa.

Uma dor profunda irradiava dos ferimentos nas minhas pernas quando encontrei Benjamim no dia seguinte.

O casal de editores morava em um prédio desgastado e nada atraente. De fato, poucas quadras separavam aquele endereço da praia onde o corpo de Andrea fora encontrado, menos de cinco minutos cobriam a distância entre um lugar e outro. O saguão do edifício exibia feios azulejos escuros e o zelador atrás do balcão assistia a um programa de notícias em uma televisão portátil sem cores. A luz de fim de tarde projetava uma iluminação delicada dentro do lugar.

Ao notar o quanto eu parecia letárgica e confusa, Benjamim assumiu o comando da situação. Enquanto aguardávamos a chegada do elevador, ele comentou de maneira descompromissada com o zelador sobre a mulher de cinquenta anos encontrada na praia ali ao lado nas últimas semanas.

"História muito triste, não é?", disse o zelador, subitamente animado com a perspectiva de engatar uma conversa. "Não acreditei quando abri o jornal e descobri que aquela mulher tinha se jogado no mar. Ela apareceu aqui na noite em que tudo aconteceu. Estava imunda, descabelada, roupa rasgada. No início, achei que estivesse machucada e que precisasse de ajuda. Quando perguntei se queria que eu ligasse para alguém, ela enlouqueceu. Chutou o portão, gritou coisas incompreensíveis, me xingou. Fiquei assustado quando ela começou a atirar pedras aqui dentro."

"O senhor acha que ela queria entrar no edifício?", perguntou Benjamim.

O zelador deu de ombros: "Não sei. Quando ameacei chamar a polícia, ela desapareceu. Corri para tentar ver em que rua ela havia entrado, mas não a encontrei. Parecia que o asfalto tinha engolido a mulher. Temi pelo próximo que esbarrasse com ela, a mulher era um perigo para si mesma e para os outros. Li no jornal que ela tinha apenas cinquenta anos. Não é muito. Como alguém se permite chegar a esse estado?".

O homem pareceu desapontado quando o elevador por fim abriu as portas e fomos obrigados a interromper a conversa. Dentro do elevador, Benjamim tentou tocar minha mão, mas eu o afastei com um gesto brusco. O contato com sua pele remeteu diretamente ao confronto atrás daquela escola abandonada com o sujeito da noite anterior.

Após deixarmos o elevador, Benjamim localizou o apartamento no final do corredor e tocou a campainha. Levou algum tempo até ouvirmos passos dentro do imóvel. Uma mulher de nariz pequeno, pele clara e baixa estatura abriu a porta. Bastou nos desejar boa-noite e nos convidar a entrar para eu compreender que aquela era a pessoa que atendia as ligações, a dona da voz assustada que gritava em meu ouvido. Dentro do apartamento, ela se desculpou pela ausência de Gregório, seu marido, que se encontrava no meio de uma chamada importante em outro ambiente. Camila, esse era o seu nome, parecia ter um pouco mais de quarenta anos.

Apesar da aparente limpeza e organização, o apartamento provocava uma estranha sensação de claustrofobia com tantos móveis, porta-retratos, enfeites e arranjos florais. Não havia um espaço livre, tudo parecia obsessivamente ocupado. Uma grande variedade de crianças e idosos apareciam sorridentes nas fotografias espalhadas pelos móveis. Aquela era uma família numerosa que parecia organizar regularmente reuniões animadas. Por mais que eu tentasse, era difícil me imaginar inserida em um contexto como aquele. Visitas frequentes, alegres comemorações de aniversário, viagens em grupo. Como Andrea os conhecera? Por que ficara obcecada por essas pessoas? O que esperava obter com aqueles telefonemas durante a madrugada? Essas perguntas mais uma vez ameaçavam me sufocar. Começava a parecer cada vez mais óbvio que Benjamim e eu perdíamos nosso tempo conversando com Camila, nunca descobriríamos o que havia acontecido com Andrea naquela noite.

Camila nos conduziu até um escritório amontoado de caixas e nos indicou duas cadeiras diante de uma mesa larga de madeira. Sob a mesa, pilhas de pastas, cadernos, um computador antigo, porta-retratos, caixas de lápis, revistas. Tomando conta de duas paredes inteiras, estantes abarrotadas de livros. Em algum lugar dentro daquele apartamento, uma televisão ligada exibia um filme cheio de vozes estridentes e gargalhadas. Benjamim deu início a um discurso impressionante sobre a suposta coleção de livros que planejava elaborar. Surpresa pela convicção com que mentia, me senti incomodamente comovida enquanto o ouvia falar. Em um determinado momento, Benjamim pegou o celular dentro da bolsa, olhou a tela e bufou impaciente.

“Mais uma ligação de um número desconhecido...”

"Você também recebe esses telefonemas?", perguntou Camila, exasperada, mordendo a isca de Benjamim. "Temos vivido um verdadeiro inferno por causa do telefone! Faz alguns meses que começamos a receber chamadas de um número desconhecido de madrugada. Ninguém responde quando atendemos. Tudo o que escutamos é uma respiração forte do outro lado da linha. Ameaçamos chamar a polícia inúmeras vezes, mas ainda assim a pessoa continua telefonando e nunca diz nada. Quem quer que esteja por trás dessas ligações está conseguindo nos enlouquecer. Às vezes eu tento me convencer de que se trata apenas de uma criança sem a supervisão de um adulto se divertindo. Acordar de madrugada com o telefone tocando é muito perturbador."

Para não aparentar inquietação, mantive a atenção nos objetos dispostos sobre a mesa. Três porta-retratos decoravam o móvel. Duas crianças sorriam para a câmera em uma das fotografias. Filhos dos editores? Em outro porta-retratos, Camila aparecia abraçada a um homem. Esse era o seu marido? A outra voz que ouvi durante os telefonemas era daquele sujeito? Tive a impressão de que seu rosto não me era completamente desconhecido. A terceira fotografia era mais antiga, mostrava um rapaz e uma garota sorridentes sentados lado a lado em um banco de um parque. Devido à evidente semelhança física, os dois compartilhavam o mesmo nariz fino e comprido, imaginei que fossem irmãos. Não havia dúvidas de que aquele rapaz era o homem que abraçava Camila na outra imagem. O rosto pouco mudara.

"Ligavam e não diziam nada? Muito estranho. Também ficaria muito preocupado", disse Benjamim.

"Parece loucura, mas tenho a impressão de que estamos sendo observados. É uma sensação horrível... Acho que meu marido está finalmente vindo", completou Camila quando ouvimos passos no corredor.

Olhei de novo para os porta-retratos sobre a mesa. Quando finalmente reconheci quem era o rapaz que ocupava o banco de um parque com sua irmã, quem era o homem que abraçava Camila tão calorosamente, cravei as unhas na palma da minha mão. Compreendi no mesmo instante por que Andrea entrara em contato com aquela família, por que telefonara tantas vezes para eles, por que aparecera completamente bêbada naquele edifício.

Temendo não ter força nas pernas, imitei Benjamim ao levantar da cadeira para cumprimentar Gregório. O homem que aparecia ao lado de Camila em uma das fotografias sobre a mesa. Gregório era alto, tinha ombros largos e braços compridos. O rosto cheio exibia uma barba por fazer e linhas de expressão destacadas. Pressionados por uma barriga avantajada, os botões de sua camisa pareciam prestes a estourar. A voz grave era a mesma que eu havia escutado por telefone algumas semanas antes.

Benjamim rapidamente retomou o assunto sobre o projeto pensado para a editora de Gregório. Mais uma vez me mantive ausente da conversa. Nada parecia capaz de me livrar daquela tensão que explodia em meu peito. Desesperada para me afastar daquele apartamento, fingi verificar meu celular, como se uma mensagem tivesse acabado de aparecer na tela.

"Precisamos ir embora!", eu disse, a voz verdadeiramente trêmula.

Todos os olhares se voltaram para mim.

"O zelador do nosso edifício acabou de me enviar uma mensagem, alguém tentou invadir nosso apartamento."

"Tentaram invadir nosso apartamento...?", repetiu Benjamim, parecendo particularmente confuso.

"Isso", respondi, os dentes trincados. "Precisamos ir embora o quanto antes."

Aturdidos, Gregório e Camila nos acompanharam em silêncio até a porta. Benjamim se desculpou por aquela interrupção tão abrupta e prometeu voltar a entrar em contato.

"O que aconteceu lá dentro?", perguntou assim que entramos no elevador. "Você descobriu algo?"

Abri a boca para responder sua pergunta, mas nenhum som saiu dos meus lábios.

"Você está pálida! O que está acontecendo, Ana?"

"Não consigo respirar!", guinchei.

Minha garganta produzia um som áspero toda vez que eu puxava o ar pela boca. A desenvoltura demonstrada por Benjamim nos últimos minutos parecia ter evaporado, ele me encarava com o olhar assustado de quem não sabia como proceder.

Assim que o elevador abriu as portas no andar térreo, corri para fora do edifício, pouco me importando com a expressão alarmada do zelador. Na rua, busquei apoio em um poste de iluminação e continuei forçando meus pulmões a funcionar. O ar frio da noite penetrou meu corpo de maneira desconfortável. Quando me alcançou, Benjamim perguntou mais uma vez o que estava acontecendo. Ele deveria chamar um táxi para nos levar a um hospital?

Não consegui conter as lágrimas que se avolumavam dentro de mim como um tsunami. Trêmula, apontei para a janela do apartamento que havíamos acabado de sair.

"Aquele homem... aquele homem...", eu disse, engasgando com as lágrimas. "Aquele homem é o meu pai!"

22

Esvaziei de uma vez o copo de suco de laranja e deixei a cozinha do orfanato às pressas, arrependida do que eu havia revelado a Irina.

Depois de assentir à sua pergunta, não vi alternativa a não ser contar à diretora que havia um revólver escondido dentro do apartamento em que eu morava. A mulher tentou ocultar o quanto se sentiu alarmada pela minha confissão, mas não foi muito bem-sucedida, notei como seus olhos pareciam inquietos. No entanto, sua voz não vacilou ao explicar que às vezes as pessoas tinham armas em casa para se defender de algum perigo externo. Frequentemente elas nem eram usadas, serviam apenas como medida de precaução. Era evidente que Irina não acreditava em uma palavra do que dizia, ela conhecia Tomás e minha mãe, e sabia sobre seu relacionamento. Antes de me deixar ir embora, ela repetiu algumas vezes que eu não deveria me preocupar.

Nos dias que se seguiram à destruição da janela, Tomás mergulhou em um silêncio venenoso. Quando estava no apartamento, o sujeito passava todo o tempo diante da televisão com um olhar vidrado, aparentemente remoendo de maneira furiosa o abandono do pai e a traição da irmã. Andrea havia desistido de tentar conversar com ele, limitava-se a responder a suas perguntas utilizando um tom de voz sussurrado e a atravessar a casa na ponta dos pés, como se temesse provocar sua ira fazendo barulho demais. Por mais que eu tentasse, era impossível apagar dos meus pensamentos a imagem da minha mãe caída no chão, o rosto ensanguentado e o terror refletido em seus olhos.

Por uma semana, nada aconteceu. Tentei fingir para mim mesma que a conversa com Irina nunca havia ocorrido. Se aquele não fosse o único lugar onde eu poderia conversar com Benjamim, eu provavelmente teria evitado o orfanato por algum tempo. Certa tarde, após as aulas do dia, voltei a rondar o muro que dividia o casarão e a residência do meu amigo, esperando ouvir sua voz do outro lado. Quando um dos seus olhos apareceu na minúscula fenda que havia no muro, suspirei, momentaneamente aliviada.

"A gente vai sair desta casa na próxima sexta-feira", disse Benjamim. "Mas eu não pretendo ir embora com meu pai, vou tentar fugir mais uma vez."

"Sexta-feira?", repeti, confusa. Faltavam apenas quatro dias para a próxima sexta-feira, pensei, sentindo algo pesado pressionar meu estômago.

"Ainda não sei para onde ir. Quero achar uma amiga da minha mãe, tenho quase certeza de que ela vai poder me ajudar."

"Você tem dinheiro?"

"Tenho. Descobri onde meu pai guarda suas economias. Antes de ir embora, levarei o dinheiro comigo."

Não respondi nada. O plano de Benjamim não inspirava confiança. O que aconteceria se ele não encontrasse o endereço daquela amiga da sua mãe? Por que nunca tinha mencionado a existência daquela mulher até este momento? Poucas pessoas se mostrariam dispostas a assumir a responsabilidade por uma criança que não fosse sua.

"Eu sei que não é o melhor plano", disse Benjamim, dando voz aos meus pensamentos. "Mas eu preciso encontrar uma maneira de escapar."

Permaneci em silêncio. Compreendia exatamente o sentimento de impotência que permeava sua fala. O que fazer quando todos os caminhos parecem levar a um beco sem saída?

"Venha comigo!", sugeriu Benjamim, exasperado. "Deixe todo mundo para trás e venha comigo!"

Minhas mãos estavam úmidas de suor e tremiam. Era realmente possível deixar tudo para trás? Andrea e sua amargura pareciam enraizadas em minha pele, assim como as marcas deixadas por Tomás. Descobri naquele momento que ir embora era tão difícil quanto ficar.

"Ana? Você ainda está aí?"

"Sim", respondi, a garganta seca. "Não sei... tenho medo..."

"Eu também sinto medo! Mas nada me parece pior do que continuar preso com o meu pai. Sei que a sua situação também não é melhor."

As nuvens pareciam inquietas, atravessavam o céu de maneira apressada. Empoleirado na janela circular do sótão do orfanato, um pequeno pássaro de penas azuis tentava arrancar algo que havia ficado preso em suas asas. Se eu ainda conseguisse entrar no sótão, tentaria ajudar o animal. Para onde ele irá quando for capaz de voltar a voar?

"Você tem razão", sussurrei. "Nada pode ser pior do que continuar naquele apartamento. Vou fugir com você."

Tentei descobrir mais sobre a pessoa que supostamente nos abrigaria em seu lar, mas Benjamim desviou do assunto todas as vezes que perguntei sobre a amiga de sua mãe. Comecei a desconfiar que essa mulher não era real, que ele a tinha inventado para me convencer a acompanhá-lo. Mas a ideia de continuar vivendo sob o mesmo teto que Andrea e Tomás era tão insuportável que não foi difícil ignorar as óbvias falhas naquele plano de fuga. Decidimos nos encontrar à uma da manhã de sexta-feira em frente à igreja que ficava atrás do orfanato.

Benjamim apenas conseguiria sair de casa quando seu pai estivesse dormindo. Permaneceríamos na igreja até ver os primeiros raios de sol despontarem no céu, quando então seguiríamos para a estação de metrô mais próxima.

Não preguei os olhos durante a noite que antecedeu à fuga. Olhava para o teto manchado do meu quarto e me perguntava se não estaria prestes a cometer um grande erro. Meus pensamentos davam voltas, mas sempre paravam no mesmo lugar: o que poderia ser pior do que a vida ali dentro?

Ao longo do dia, enchi, esvaziei e voltei a encher a mochila com os meus pertences, incerta a respeito do que levar. Cogitei entrar no quarto da minha mãe e pegar sua caixinha de música, mas optei por não pegar nada que chamasse atenção demais. De qualquer modo, precisávamos levar somente o essencial. Conforme transcorriam as horas, senti a expectativa e o medo estrangularem meus pensamentos. Quando o céu começou a adquirir tons cada vez mais escuros, a expectativa se transformou em pavor, temi que meu coração explodisse dentro do peito.

Prendi a respiração ao ouvir o tilintar das chaves e o som que a porta da frente fazia ao abrir. A voz de Andrea falando consigo mesma me deixou em estado de alerta. Após escutar seus murmúrios por alguns minutos, compreendi que Tomás não estava com ela e que mais uma vez seu paradeiro era motivo de preocupação. Disse para mim mesma que seu sumiço justamente naquela noite era um bom presságio.

A agitação de Andrea se estendeu por horas. Para não pensar na mulher murmurando consigo mesma nos outros cômodos, centrei minha atenção em uma releitura de *O morro dos ventos uivantes*, ainda que as palavras do livro resvalassem pelo meu cérebro sem deixar qualquer vestígio. Nunca mais retornaria a esse quarto, eu pensava. E, estranhamente, isso provocava tanto alívio quanto pesar.

Por volta das onze da noite, a porta da frente abriu com um estrondo e a voz de Tomás ecoou por todo o apartamento. Antes que eu me recuperasse do susto, ele já havia iniciado uma discussão acalorada com minha mãe. Ao que parece, alguém ligara anonimamente para a polícia com o objetivo de denunciar Tomás por porte ilegal de arma de fogo. Como Tomás tinha antecedentes criminais por roubo e agressão, as autoridades decidiram investigar a informação e foram à casa de sua mãe, onde ele vivera até pouco tempo atrás, para revistar o lugar. Furioso, ele berrava ameaças enquanto andava de um lado para o outro. Perguntou diversas vezes se Andrea havia falado sobre o revólver com alguém, ela era a única pessoa além dele que sabia de sua existência. Por mais que Andrea negasse, ele parecia incapaz de acreditar em suas palavras. Eu não conseguia apagar dos pensamentos a imagem da última briga dos dois: a janela quebrada, vidro espalhado pelo tapete, o rosto ensanguentado de Andrea. Faltavam poucas horas para o meu encontro com Benjamim. Se ele não se acalmasse, como eu conseguiria deixar o apartamento em meio àquela confusão?

Tomás perdeu completamente o controle de si mesmo quando Andrea sugeriu se livrar do revólver, era uma questão de tempo até que policiais aparecessem ali também. Então, atirando um copo contra a parede, Tomás berrou que mataria Andrea e eu caso descobrisse que aquilo tinha sido um plano seu para afastá-lo.

"Eu nunca deveria ter confiado em você!", berrou, esbofeteando Andrea. "Eu estou rodeado por traidores! Durante todo o tempo que passei na delegacia, eu não conseguia deixar de pensar que você estava por trás de tudo!"

Apaguei a luz e cobri os ouvidos para não escutar os gritos de Andrea.

23

Por alguns instantes, Benjamim não soube o que dizer. A expressão em seu rosto parecia sugerir que eu havia enlouquecido. Inquietos, seus olhos iam do meu rosto úmido de lágrimas para a janela do apartamento de Gregório e Camila, como se buscasse em algum lugar uma explicação lógica para o que eu havia dito.

"Você está falando de Gregório, o editor? Ele é seu pai?"

"De quem mais eu estaria falando?", respondi. As lágrimas continuavam a correr de maneira abundante. "Por que você acha que eu precisei sair imediatamente do apartamento? Eu o reconheci por uma fotografia que estava em cima da mesa do escritório, uma fotografia de quando ele era mais jovem. Conheço cada detalhe daquele rosto. *É ele... É ele...*"

Ainda muito confuso, Benjamim abriu e fechou a boca algumas vezes antes de finalmente perguntar: "Você tem certeza? Quando éramos crianças você me disse que seu pai estava morto".

"Foi o que Andrea me fez acreditar durante muito tempo." Após uma vida inteira me perguntando quem era meu pai e onde ele estaria, aquele encontro agora parecia surreal demais. Encarei minha mão sem acreditar que eu o havia tocado.

Antes que eu dissesse mais alguma coisa, Benjamim sugeriu nos afastarmos daquele prédio. O zelador nos observava desconfiado de dentro do saguão. Andamos em silêncio por alguns minutos até encontrarmos um café. Dentro do estabelecimento, ocupamos uma das poucas mesas vazias.

O falatório e a movimentação ali dentro me deixaram ainda mais atordoada. Era como se eu ainda estivesse encurralada naquele escritório abarrotado de livros, ouvindo os passos de Gregório do lado de fora.

"Como Gregório pode ser seu pai?", perguntou Benjamim, em voz baixa.

Encarei minhas mãos sobre a mesa por alguns instantes até conseguir encontrar as palavras: "Nunca acreditei quando Andrea dizia que meu pai havia morrido poucos meses depois do meu nascimento. Creio que essa desconfiança teve início quando passei a notar como ela ficava perturbada à sua menção". Silêncio. "Depois do que aconteceu naquela noite trágica, Andrea começou a abusar ainda mais de bebidas alcoólicas, desaparecia por dias, falava coisas sem sentido. Certa noite, sozinha em casa, fui até seu quarto atrás de uma antiga caixinha de música..."

Deixei meu quarto poucas vezes durante as primeiras semanas na casa nova. Ninguém parecia se importar com a nossa presença naquele bairro aparentemente tranquilo do subúrbio. Mas eu sabia o que todos pensavam e cochichavam ao nosso redor, notava isso por meio dos olhares que nos dirigiam quando nos viam passar. Fazia poucas semanas que meu rosto havia estampado os principais jornais do país. A história estava disponível para quem quisesse conhecê-la. Célia era a única pessoa que parecia agir normalmente na nossa presença. No entanto, por algum motivo, a cordialidade dessa mulher solitária parecia evidenciar ainda mais o quanto minha mãe e eu éramos duas pessoas quebradas. Levamos dias para abrir as caixas com os nossos pertences, decidir onde colocar os móveis ou descobrir onde ficava o supermercado mais próximo. Os detalhes práticos da nossa mudança não despertavam o interesse de Andrea, que desejava apenas continuar consumindo grandes quantidades de álcool.

Eu costumava ter dificuldade para dormir. Passava horas me revirando de um lado para o outro na cama, incapaz de aquietar os pensamentos. Em uma dessas noites insones, decidi procurar a caixinha de música da minha mãe, imaginando que a melodia suave do objeto seria capaz de me acalmar. Por alguns instantes, me vi envolvida por aquela fantasia infantil da patinadora deslizando sobre o lago de gelo. Era quase inacreditável que, depois de tudo o que acontecera, existisse algo tão singelo como uma caixinha de música. Não precisei procurar muito, Andrea ainda guardava a caixinha em uma das gavetas de sua mesinha de cabeceira. Assim que meus olhos bateram no objeto, senti algo murchar em meu peito. Lembrei que não funcionava mais. No entanto, não fechei a gaveta ou retornei para o meu quarto. Sentei na cama da minha mãe, peguei a caixinha e, com os dedos trêmulos, abri. A fotografia do rapaz sorridente, correndo em direção ao fotógrafo, continuava ali. Passei longos minutos contemplando seu rosto, como se procurasse uma maneira de decifrar seus pensamentos. Mais uma vez me perguntei por que Andrea nunca me mostrara aquela fotografia. Por que se recusava a falar sobre o meu pai. Devolvi a caixinha vazia à gaveta e levei a fotografia comigo. Ainda hoje a trago na minha bolsa.

Andrea demorou dois dias para reencontrar o caminho de volta para casa. Assim que ouvi a porta da frente abrir, deixei meu quarto e corri em sua direção. Suas roupas tinham manchas de lama em algumas partes e exalavam um cheiro forte de suor e bebida alcoólica. Ignorei sua fala arrastada sobre os pássaros que havia visto no Jardim Botânico e coloquei diante dos seus olhos a fotografia que ela guardava na caixinha de música. Aproveitei seu silêncio para perguntar se aquele rapaz era o meu pai. Por um momento, Andrea me encarou como se nunca tivesse me visto. Repeti a pergunta enquanto sentia meus olhos se encherem de água. Deveria ter feito essa pergunta meses antes, quando encontrei a fotografia pela primeira vez. Não suportava continuar vivendo no escuro. Como se estivesse exausta demais para sustentar o próprio peso, Andrea se deixou tombar no sofá. Quando começou a falar, tive a impressão de que despencava em um profundo abismo.

O falecimento de seu avô após longos meses convalescendo em um hospital inaugurou uma fase turbulenta na vida de Andrea. Para além das dívidas acumuladas por seus avós ao longo dos anos, a casa em que moravam parecia se desintegrar gradualmente. A cada chuva o teto cedia um pouco mais. Infiltrações se espalhavam por todos os lados, danificando móveis e a fiação elétrica. Andrea e sua avó viviam aterrorizadas pela possibilidade de um incêndio. Disposta a conseguir mais dinheiro para ajudá-las a atravessar a crise, sua avó passou a aceitar trabalhos como costureira, ainda que sua vista estivesse péssima. Poucos meses após Andrea completar dezesseis anos, a vida das duas se tornou insustentável e a urgência por um emprego obrigou Andrea a abrir mão de uma formação acadêmica. Como nunca tivera muitos resultados positivos e a dinâmica da sala de aula a intimidava, ela não se importou em abandonar a escola para tentar contribuir financeiramente nas despesas da casa.

Após conversar com alguns vizinhos sobre as dificuldades que enfrentavam, sua avó descobriu uma família disposta a oferecer ajuda às duas. Com lágrimas nos olhos, ela entregou a Andrea um pedaço de papel contendo um endereço anotado.

"Não queria que você precisasse fazer isso", disse a avó, a voz embargada. "Você deveria estar estudando..."

Andrea deu de ombros: "Não se preocupe. Eu prefiro ajudar".

Trabalhar como faxineira não a assustava, mas a ideia de se afastar de sua casa e lidar com outras pessoas era o suficiente para acelerar seus batimentos cardíacos. Por anos, seu mundo se restringira ao espaço circunscrito pela casa em que vivia e a escola que ficava a menos de dois quilômetros de distância. Temia o que encontraria caso se afastasse demais, temia romper o fio que a mantinha segura sobre o chão. Ao se despedir da avó naquele primeiro dia de trabalho, Andrea sentiu que perdia algo precioso que habitava seu peito.

O endereço que a avó anotara ficava do outro lado da cidade, em uma região de casas imponentes que ela nunca havia visitado antes. Quando finalmente localizou a residência que procurava, Andrea sentia-se suja, exausta e atordoada. Por alguns instantes, cogitou dar meia-volta e ir embora, diria à avó que aquela família infelizmente havia desistido de contratá-la. Para alcançar a porta de entrada era preciso atravessar um caminho de tijolos que cruzava um jardim muito bem cuidado. O cheiro das flores era inebriante naquelas primeiras horas da manhã. A casa parecia saída de dentro de um filme antigo: telhado triangular, janelas de água-furtada, colunas, arcos ogivais, balaustradas de gesso trabalhado. Tão distinta da realidade que Andrea conhecia, era difícil imaginar o tipo de pessoa que viveria ali dentro. Como seria acordar todos os dias em um daqueles quartos? Quem ela seria se tivesse crescido ali? Ainda incerta a respeito do que fazer, Andrea apertou a campainha e ouviu o som ecoar dentro da residência.

O interior do lugar era ainda mais impressionante. Lustres cintilantes, tapetes felpudos, móveis de madeira maciça, dezenas de quadros nas paredes, cortinas de veludo. Andrea não teve tempo de admirar melhor o lugar, a outra empregada a recebeu com um uniforme nas mãos e a indicação de por onde iniciar a limpeza.

Conforme descobriu durante sua primeira semana espanando móveis e varrendo os amplos cômodos da casa, a família que vivia ali era silenciosa e circulava pouco pelos corredores. O pai prezava a privacidade do seu escritório, e os dois filhos, um rapaz e uma moça, pareciam constantemente ocupados com atividades extraescolares. Quem mais interagia com os empregados era a mãe, uma mulher inflexível que seguia Andrea de perto com olhares duros. Parecia acreditar que ela deveria trabalhar com mais afinco que todos os outros devido à delicada situação financeira em que se encontrava. Andrea procurava não se colocar em seu caminho, mas era difícil quando a outra se mostrava tão obstinada em surpreendê-la em meio a um deslize. O trabalho não era fácil. A quantidade de móveis e objetos para espanar e lustrar parecia nunca ter fim. As roupas que ela deveria colocar dentro da máquina de lavar se empilhavam como uma pirâmide imensa na área de serviço. Os cômodos se multiplicavam diante dos seus olhos quando se aproximava com uma vassoura. Não importava o quanto ela se esforçasse para cumprir suas tarefas, algo sempre ficava pelo caminho. Quando por fim chegava em casa, Andrea frequentemente pulava o jantar para ir o quanto antes para a cama. Nos minutos que levava para pegar no sono, incomodada pelas dores que se espalhavam por todo o corpo, o cansaço se confundia com a tristeza em seu peito.

Naquela época, a realidade parecia confusa aos seus olhos. Andrea vagava pelas ruas sem saber que caminho tomar, atordoada pela intensidade dos seus desejos. Tudo ao seu redor parecia lembrar como ela era insignificante, como sua existência caminhava em direção a lugar nenhum. Queria mudar a própria realidade, conhecer pessoas completamente diferentes daquelas com quem convivia, ser arrebatada por sentimentos inomináveis. Mas por onde começar? Como se libertar daquele vaivém entre a casa caindo aos pedaços em que vivia com sua avó e o trabalho? Por algum motivo que ela era incapaz de compreender, aquele rapaz bonito que aparecia em dezenas de fotografias espalhadas pela casa dos seus patrões pareceu amalgamar todos esses desejos. Andrea se apaixonou por ele antes mesmo de conhecê-lo pessoalmente ou de descobrir seu nome, durante as tardes em que precisava tirar a poeira dos aparadores e das estantes da sala. Quando ouviu seu nome pela primeira vez, ela o sussurrou para si mesma durante todo o dia. Como se dizer seu nome fosse o suficiente para aproximar os dois. Gregório, Gregório, Gregório.

Em um curto período de tempo, ela memorizou os horários em que ele entrava ou saía, como preferia suas refeições e os nomes dos seus perfumes favoritos. Ao limpar seu quarto, ela folheava seus livros e deslizava os dedos por suas roupas dentro do armário. Podia passar horas observando-o ler enquanto ocupava uma das poltronas da sala. Seu peito inflava de alegria ao ouvir sua risada. Detalhes ínfimos eram capturados por seus olhos com avidez: um cílio negro em sua bochecha, uma manchinha escura no dorso da mão esquerda, a meia de cor verde despontando por baixo da barra da calça. Foi durante esse período que Andrea afanou de um dos álbuns da família a fotografia em que Gregório aparecia sorridente no parque.

Habituada a se sentir invisível, Andrea não soube como reagir quando Gregório falou com ela pela primeira vez. De início, ele apenas fazia perguntas impessoais sobre o funcionamento da casa, como o horário que determinada refeição seria servida ou se a piscina estaria limpa no dia seguinte. No entanto, Andrea precisava se esforçar para conseguir responder a perguntas tão simples de maneira coerente, para não deixar transparecer o quanto sua presença a intimidava. Pouco a pouco, as perguntas impessoais de Gregório deram lugar a outras mais específicas: onde Andrea morava? Que escola havia frequentado? O que gostava de assistir na televisão? A princípio, ela não compreendeu por que ele fazia essas perguntas, como ele poderia se interessar por qualquer coisa relacionada à sua vida. Gregório também compartilhava informações sobre seu próprio cotidiano, falava dos seus amigos, dos livros que lia, dos sonhos que cultivava. Andrea devorava tudo o que ele dizia. Não demorou a perceber que os dois nunca travavam essas conversas quando havia alguém por perto, o que alimentou ainda mais o sentimento de perigo e excitação que pulsava dentro dela sempre que o encontrava.

Tudo mudou na tarde em que Andrea levou o lixo da cozinha para a área de serviço e encontrou Gregório encolhido perto da garagem. Ao se aproximar, o rapaz tentou sorrir e agir normalmente, mas era óbvio que ela o havia surpreendido chorando. Assustada, Andrea murmurou algumas palavras sobre estar ocupada demais naquele momento e se afastou, esperando que ele não pensasse que ela tinha invadido sua privacidade de propósito. Antes que ela entrasse na casa novamente, Gregório a alcançou e perguntou se eles não poderiam conversar por alguns minutos. Gregório confessou então o temor que sentia em relação às dificuldades que enfrentava na escola. Como seus pais reagiriam se ele não conseguisse entrar em uma universidade no próximo ano? Estarrecida, Andrea o ouviu em silêncio. Jamais poderia imaginar que alguém como ele pudesse duvidar de si mesmo. Ele era a pessoa mais inteligente que ela conhecia, nunca ouvira falar de alguém que lesse tantos livros. Quando o lembrou que ainda faltavam muitos meses para o ano acabar e inúmeras oportunidades para recuperar o desempenho ruim, Gregório sorriu.

"Sempre me sinto melhor quando conversamos", ele disse.

"Também gosto de conversar com você", respondeu Andrea, a voz um sussurro quase inaudível.

Os dois trocaram um olhar demorado e cheio de significados. Quando ele a beijou, Andrea sentiu o gosto salgado de lágrimas em seus lábios.

Quantas vezes ao longo dos anos ela reviveria aquele momento? O céu nublado sobre suas cabeças, o cheiro de desinfetante com perfume floral enchendo o ar, a solidez do corpo de Gregório pressionando-a contra a parede, aquele delicioso esvaziamento de pensamentos. A sensação de que os dois se partiam em milhares de pedaços, quem ela era jamais poderia ser dissociado de quem ele era.

Depois do primeiro beijo, as conversas inocentes ficaram para trás. Quando ninguém estava por perto, os dois se escondiam nos cômodos vazios da casa, onde despiam as roupas às pressas e tateavam de maneira intensa e desajeitada o corpo um do outro. Dentro da sua boca, Gregório sussurrava o quanto Andrea era linda, o quanto seu corpo o excitava, o quanto a amava. Algumas semanas após aquela tarde em frente à garagem, Gregório presenteou Andrea com uma pequena caixinha de música. Toda noite antes de dormir, ela a deixava sobre a mesa de cabeceira tocando sua canção e esquecia por alguns minutos os motivos que os obrigavam a manter aquela relação em segredo.

Não demorou muito tempo para que os dois começassem a agir com imprudência, permitindo que outros empregados os vissem sussurrando um com o outro pelos corredores. Quando a cozinheira se aproximou inesperadamente e cochichou no ouvido de Andrea que ela não era tão esperta quanto imaginava, ela confirmou que aquela relação não era mais um segredo. "Você está prestes a cometer um erro do qual jamais se esquecerá", sentenciou a mulher, a voz carregada de veneno. Assustada, Andrea deixou a cozinheira falando sozinha com a desculpa de que precisava limpar os banheiros. Não contou para Gregório o que ouviu, temendo que ele a culpasse ou se afastasse. Ela está apenas com inveja, Andrea repetia para si mesma como um mantra. Ela está apenas com inveja.

Um ano após chegar àquela casa, Andrea descobriu que estava grávida.

Nos primeiros dias, não notou a ausência da menstruação. Incapaz de sequer cogitar a possibilidade de estar grávida, ela ainda demorou algum tempo para se convencer a fazer um teste de gravidez. Quando finalmente recebeu a confirmação, Andrea sentiu o chão sob seus pés desaparecer. Uma avalanche de pensamentos ameaçou sufocá-la enquanto ainda estava trancada no banheiro da casa da avó: como continuaria a trabalhar quando sua barriga crescesse? Sua avó ficaria decepcionada? Todos diriam que ela havia estragado sua vida? O que faria com uma criança? E se ela acidentalmente deixasse o bebê morrer? Aquela gravidez era uma punição pelos momentos de prazer compartilhados com Gregório?

Após dias de muita angústia e ruminação, Andrea deixou um bilhete no quarto de Gregório pedindo que a encontrasse em uma praça do outro lado do bairro. Não queria falar sobre um assunto tão importante em sua casa. Durante todo o dia, ela remoeu em silêncio as palavras que a cozinheira sussurrou em seu ouvido. *Você está prestes a cometer um erro do qual jamais se esquecerá*. A mulher se referia a isso? Quando viu Gregório sentado em um dos bancos de concreto da praça, as mãos enterradas nos bolsos e as costas curvadas, Andrea repetiu para si mesma que tudo daria certo, os dois se amavam e encontrariam uma maneira de resolver esse problema.

Não havia ninguém na praça. Do outro lado do terreno, uma montanha de lixo exalava um cheiro ruim. Uma televisão velha havia sido deixada sobre o toco de uma árvore. Gregório recebeu Andrea impaciente, não podia ficar muito tempo ali. O que ela queria conversar com tanta urgência? Deixar bilhetes em seu quarto não era uma atitude muito inteligente. E se sua mãe tivesse visto? Por alguns instantes, Andrea não soube o que dizer, não esperava tanta rispidez por parte de Gregório. Nos anos seguintes, ela retornaria inúmeras vezes a esse instante. Deveria ter intuído sua reação naquele momento, deveria ter inventado uma mentira qualquer e ido embora. Assim ela ainda conservaria na memória apenas os gestos afetuosos compartilhados em segredo.

Gregório compreendeu o que Andrea queria revelar antes mesmo que ela fosse capaz de abrir a boca. "Você está grávida?", ele perguntou, sua voz soando horrivelmente alta e desagradável. Quando ela confirmou com um movimento da cabeça, o rapaz explodiu. O que ela esperava conseguir inventando mentiras? Quais garantias ela poderia oferecer de que o filho era realmente dele? Que esse tempo todo ela não esteve transando com outras pessoas? Ele não permitiria que ela estragasse sua vida. Como seus pais reagiriam quando descobrissem o que a faxineira andava dizendo por aí? Trêmula, Andrea tentou explicar que não se tratava de uma mentira ou uma emboscada para se dar bem. Os dois foram descuidados e isso simplesmente aconteceu.

"Essas coisas não acontecem por acaso", ele respondeu, incapaz de encará-la nos olhos.

Silêncio. Um cachorro revirava o monte de lixo com o focinho.

"Por que você se aproximou de mim?", perguntou Andrea. A maneira desdenhosa com que ele usou a palavra "faxineira" não saía dos seus pensamentos, parecia um soco em seu estômago.

"Porque eu queria me divertir! Você pensou que eu estava apaixonado? Que isso era um relacionamento? Não fale sobre estar grávida com ninguém. Não quero mais ouvir essa história!", e se afastou, deixando-a sozinha na praça.

Andrea não tentou impedir que ele fosse embora, simplesmente o observou dar as costas e se distanciar. Recordou a tarde em que o encontrou perto da garagem de sua casa. Agora ela enxergava tudo com clareza: as conversas sussurradas, o medo de não conseguir entrar em uma universidade. Tudo não passara de uma farsa para seduzi-la. Uma mentira para conseguir sua simpatia. Fitou por longos minutos o cachorro abrir um saco de lixo e comer o que havia em seu interior. Como pôde acreditar que existia algo entre eles além dos encontros fortuitos? Como pôde se convencer que alguém se interessaria por ela? *Você pensou que eu estava apaixonado? Que isso era um relacionamento?* Sozinha na praça, Andrea se perguntou se viver era isto: ser deixada para trás contemplando o vazio ao seu redor.

Alguns dias mais tarde, ao final de mais uma jornada de trabalho, a mãe de Gregório encurralou Andrea em um dos corredores e exigiu verificar o interior de sua bolsa. Sem compreender o que a mulher esperava encontrar ali dentro, Andrea permitiu que ela fizesse o que desejava. O chão pareceu sumir sob seus pés quando um par de brincos de esmeralda cintilou entre os seus pertences. Andrea tentou explicar que não sabia como aqueles brincos tinham ido parar ali, nunca pensaria em colocar as mãos em nada de valor daquela casa. A mulher não lhe deu ouvidos, não queria mais vê-la ali, jamais deveria ter lhe oferecido um emprego. Se soubesse que Andrea ousara colocar os pés naquela rua novamente, não hesitaria em chamar a polícia. Do lado de fora, Andrea pensou em retornar e confessar que estava grávida de Gregório. Desistiu ao deduzir que provavelmente havia sido ele quem colocara os brincos em sua bolsa.

Ao final da narrativa, Andrea voltou a falar sobre os pássaros que tinha visto no Jardim Botânico naquele dia. Retornei ao meu quarto sentindo a cabeça pesar uma tonelada sobre o pescoço, confusa em relação aos sentimentos que se revolviam como cobras em meu estômago. Imaginei Andrea encarando a fotografia de Gregório, os pensamentos girando em um redemoinho de álcool e mágoa. Mesmo depois de tantos anos, ela ainda se sentia ligada ao rapaz bonito que fizera coisas tão desagradáveis. Desejei que suas mentiras fossem verdade, que meu pai realmente estivesse morto.

"Minha mãe foi encontrada na praia usando um velho vestido estampado com desenhos de flores", eu disse. Benjamim me encarava do outro lado da mesa com uma expressão estarrecida pregada no rosto. "Ela o usou na primeira vez em que entrou na casa do meu pai."

"Como Andrea descobriu o número do telefone do Gregório depois de tantos anos?", Benjamim perguntou.

"Talvez ela nunca o tenha perdido de vista."

"Você acredita que o Gregório possa ter feito algo com a Andrea no dia em que ela se afogou?"

"Não", respondi após pensar por alguns instantes. "Você ouviu o que o zelador do edifício falou: Andrea não passou da porta de entrada. Ela desapareceu quando ele ameaçou chamar a polícia."

Compreendi naquele momento que provavelmente eu jamais descobriria o que exatamente ocorrera com Andrea em seus últimos dias de vida. Ela havia ligado tantas vezes para o apartamento de Gregório apenas para ouvir sua voz? Na noite em que entrou no mar, ela apareceu em seu prédio para vê-lo por uma última vez antes de tirar a própria vida? Andrea vai ser para sempre um enigma impossível de decifrar, pensei.

Silêncio.

"Na noite em que a gente ia fugir juntos, eu realmente acreditei que a gente poderia ter uma vida diferente", disse Benjamim, deprimido. "Passei a noite toda em frente à igreja, esperando você aparecer. Quando o dia finalmente amanheceu, eu me convenci de que você não viria e retornei resignado para casa. O que aconteceu de verdade naquela noite?"

Engoli em seco. Os olhares das pessoas que passavam por nossa mesa me intimidavam. Temi que enxergassem o que havia por baixo da minha pele, que descobrissem a verdadeira natureza da minha alma. Os encontros sórdidos com desconhecidos, minha tendência à autodestruição, a raiva, o medo. Eu queria cravar as unhas na minha própria carne, queria gritar, queria descobrir uma maneira de jamais ser encontrada.

"Você leu nos jornais o que aconteceu, todo mundo leu nos jornais o que aconteceu", respondi, as mãos ligeiramente trêmulas. "Naquela noite, Tomás nos aterrorizou. Eu realmente acreditei que ele fosse matar minha mãe. Enquanto ele a atacava na sala, eu entrei no quarto dos dois, peguei o revólver que ele escondia e atirei nas suas costas."

24

Os gritos de Andrea cessaram repentinamente.

Ouvi uma movimentação estranha do lado de fora do meu quarto, um ruído confuso de passos apressados e baques nos móveis. Antes que eu conseguisse compreender o que estava acontecendo, aquele som horrível reverberou por todo o apartamento: o inconfundível estrondo do disparo de um revólver. Mordi minha própria língua para emudecer um grito. Por alguns segundos, acreditei que o teto e as paredes cederiam, que todo o edifício viria abaixo. Com as pernas fracas demais para sustentar o peso do meu corpo, tombei no chão e notei com espanto que o ambiente ao meu redor havia silenciado, como se o mundo tivesse entrado em estado de suspensão. Tomás finalmente matou minha mãe, pensei, o coração agitado dentro do peito. Agora ele vai vir atrás de mim. Cobri a boca com as mãos para que meu choro não fosse escutado. Esperava que ele não acendesse a luz quando invadisse o quarto, não queria que seu rosto fosse minha última lembrança da vida.

Minutos se passaram e nada aconteceu. A imobilidade do apartamento era enlouquecedora. Um zumbido intenso perfurava meu cérebro. Não me atrevia a me mover. Talvez eu já esteja morta, cogitei, surpresa com meu próprio pensamento. Tudo parece tão calmo e silencioso porque eu já estou morta. Quando abrir os olhos, não vou ver as paredes ou os móveis do meu quarto.

Vozes dos apartamentos vizinhos flutuavam pela janela para dentro do apartamento: *Ouviram o disparo? O que aconteceu? Parece que o disparo veio de dentro do edifício. Alguém já chamou a polícia?*

Levei alguns instantes para perceber que batiam suavemente na porta do meu quarto.

"Ana? Você ainda está aí?", sussurrou a voz de Andrea do outro lado.

Nada parecia fazer sentido. Como Andrea poderia estar falando comigo se estava morta? Eu não queria ter o mesmo destino que ela, não queria sentir dor. Estava cansada de sentir dor o tempo todo.

"Ana? Ana?"

A porta rangeu ao ser aberta. Do outro lado, em meio à penumbra, me deparei com Andrea, as roupas cheias de rasgos e o rosto coberto por feios hematomas. Escorria sangue de um dos seus ouvidos. Notei que ela segurava o revólver de Tomás.

"Você é um fantasma?", perguntei, sentindo que desmaiaria a qualquer momento. A lembrança do meu primeiro encontro com Benjamim emergiu em meus pensamentos. Eu havia feito a mesma pergunta ao vê-lo no sótão do orfanato. Pensar no meu amigo provocou um aperto doloroso no peito. Naquele momento ele provavelmente se encontrava em frente à igreja, esperando que eu aparecesse a qualquer minuto.

"Fique quieta!", sibilou Andrea, os olhos rodopiando de um lado para o outro.

Quando agarrou meu braço, sua mão estava quente e pegajosa de suor. Ignorando minhas tentativas de me desvencilhar do seu toque, ela me arrastou pelo corredor em direção à sala. Por que ela me levava para perto de Tomás? Por que eu não ouvia mais a sua voz?

"Não grite", ordenou Andrea ao adentrarmos a sala.

Prendi a respiração ao me deparar com o corpo de Tomás tombado no chão. De um ponto nas costas de sua camisa, vazava sangue em abundância. Vermelho intenso, quase negro. O odor ferroso preenchia desagradavelmente o ambiente. Seus olhos estavam arregalados e encaravam o vazio. Um filete de saliva escorria pela boca entreaberta, que parecia prestes a dizer alguma coisa. O braço esquerdo desenhava uma curva desconfortável no chão. Desviei o olhar. Não aguentava encarar aquilo. Não conseguia entender como Tomás, que nos aterrorizara por meses com sua fúria e força, podia estar naquela situação. Parecia impossível imaginar que ele não levantaria a qualquer momento para continuar xingando e agredindo.

"Ele está morto", disse Andrea, como se procurasse convencer a si mesma.

Sua voz chegava aos meus ouvidos como se estivéssemos em lados opostos de um longo corredor. Ao nosso redor, os moradores do edifício pareciam agitados, falando em voz alta e andando de um lado para o outro em seus apartamentos. Quanto tempo levaria até alguém chamar a polícia? O que aconteceria com nós duas? Para onde eu seria levada?

"Precisamos dizer que foi você. Não há outra saída", disse Andrea, os olhos eletrificados em seu rosto. "Ninguém vai te prender, você é apenas uma criança. As pessoas vão te admirar por tentar proteger sua mãe. Todo mundo conhece o temperamento explosivo do Tomás, e hoje ele se mostrou mais violento que o normal. Temendo que ele me matasse, você aproveitou nossa distração, pegou o revólver e atirou para me salvar."

Utilizando a camisa em seu corpo, Andrea limpou o revólver e, em seguida, o colocou em minhas mãos. Seu peso me deixou assombrada. Queria soltar aquele objeto no chão, mas o metal parecia grudado em minha pele. Recomecei a chorar em silêncio, as lágrimas escorriam pelo meu rosto em cascatas.

"Olhe para mim!", gritou Andrea, histérica. "Você não pode deixar que me prendam, você precisa fazer isso por mim!"

A violência de Tomás, os gritos de Andrea, o estrondo provocado pelo disparo do revólver, o corpo abandonado no chão, aquele pedido absurdo. A realidade se tornou incompreensível para mim, eu me sentia esmagada pelos fatos. Uma dor aguda se alojou nas minhas têmporas, como se meu cérebro estivesse prestes a entrar em colapso.

"Você precisa ser convincente. Não pode vacilar, não pode errar. Precisa falar exatamente o que eu estou dizendo. Se eu for presa, você vai parar em um orfanato. Você não tem ninguém no mundo."

Andrea precisou de três tentativas para conseguir discar corretamente o número da polícia. Explicou o que havia acontecido aos berros e exigiu que alguém aparecesse o mais rápido possível. Sua agitação não diminuiu após encerrar a ligação. Andando de um lado para o outro, a mulher parecia catatônica murmurando frases incompreensíveis. Sem saber o que fazer, retornei ao meu quarto e deitei na cama, me deixei absorver pelos sons que vinham do lado de fora do apartamento. Vozes assustadas, carros atravessando a rua, o vento balançando os galhos das árvores.

Tudo passou como um borrão diante dos meus olhos. As luzes das viaturas da polícia iluminando as ruas, homens uniformizados entrando no apartamento, rostos me encarando com olhares que misturavam curiosidade e assombro, o ruído dos murmúrios ao meu redor como um enxame de abelhas. Fomos encaminhadas para a delegacia pouco depois que uma ambulância apareceu para levar o corpo de Tomás. A essa altura, dezenas de pessoas se reuniam em frente ao edifício em que morávamos. Sentada ao meu lado no carro da polícia, Andrea não parava de falar, repetindo sem parar o que havia acontecido naquela noite. Da janela do veículo, a cidade parecia bizarra aos meus olhos. As formas dos prédios e das casas se mostravam incompreensíveis, familiares e desconhecidas ao mesmo tempo. Era a mesma sensação de entrar em um cômodo escuro e não saber o que significavam as sombras ali presentes.

O veículo parou diante de um prédio quadrado e baixo. Paredes manchadas, chão sujo, expressões cansadas. Todos nos encaravam com curiosidade, como se já soubessem o que havia acontecido em nosso apartamento. Fomos levadas para uma sala sem janelas e excessivamente refrigerada nos fundos da delegacia. Em poucos minutos ali dentro, meus dentes começaram a bater. As horas transcorreram lentamente enquanto respondíamos às perguntas dos policiais. Em um determinado momento, tive vontade de gritar até arrebentar minha garganta, certa de que jamais nos deixariam sair daquele lugar. Andrea repetiu a história centenas de vezes no trajeto do apartamento até a delegacia. O que mais eles esperavam que disséssemos? Quando por fim deram o interrogatório por encerrado, nos orientaram a não retornar para o nosso apartamento. Provavelmente não conseguiríamos descansar com toda a atenção ao nosso redor. Como não tínhamos para onde ir, dormimos em camas de armar desconfortáveis em uma sala desocupada na delegacia. O ambiente cheirava a mofo e pastilhas de eucalipto. Voltei a pensar em Benjamim. Ainda estaria em frente à igreja? Provavelmente pensava que eu o havia traído, que desistira do seu plano. Incapaz de pregar os olhos, restava apenas esperar pela manhã, a manhã que nunca chegava.

Não me surpreendi quando solicitaram nossa presença na delegacia outras vezes ao longo das semanas. De volta à sala sem janelas, nos vimos obrigadas a responder novamente as mesmas perguntas da primeira noite. Como o desentendimento entre Andrea e Tomás havia começado? Em que momento a situação saiu do controle? Onde Tomás escondia o revólver? Eu sempre soube a localização do esconderijo? Alguém me ensinou a manusear a arma? Responder às mesmas perguntas era enlouquecedor. Quando os policiais alteravam uma ou duas palavras em uma pergunta que já havíamos respondido, eu me sentia despencar dentro de um vórtice de desespero.

Andrea e eu não conversávamos após os interrogatórios na delegacia, retornávamos em silêncio para a nova casa e nos trancávamos em nossos respectivos quartos. Por dias, as mesmas dúvidas povoaram meus pensamentos: tínhamos sido convincentes em nossa mentira? O que aconteceria conosco caso descobrissem a verdade? Por que continuavam nos fazendo as mesmas perguntas? Ainda que muitos moradores do edifício tivessem testemunhado a nosso favor, garantindo que Tomás era realmente um homem muito agressivo, os policiais continuavam nos tratando com desconfiança. Era óbvio para eles que algo não se encaixava na história que repetíamos, que faltava alguma informação importante. O desejo de revelar a verdade às vezes era atordoante, me impedia de respirar, me paralisava na cama e me mantinha acordada durante toda a noite. "Vá ao telefone", eu sussurrava para mim mesma, "vá ao telefone e ligue para a polícia. Conte o que realmente aconteceu. Acabe com essa tortura, se livre desse peso imenso sobre as suas costas."

Olhares me perseguiam aonde quer que eu fosse. Você é um monstro, as pessoas pareciam dizer. Que menina de catorze anos teria coragem suficiente para matar um adulto à queima-roupa? Provavelmente havia algo muito errado em mim. Quando estávamos sozinhas, eu lutava comigo mesma para não invadir o quarto de Andrea e perguntar por que ela havia deixado tudo despencar sobre os meus braços. Ela não tinha pensado nas consequências que eu enfrentaria ao assumir a responsabilidade por algo tão horrível? Não havia imaginado como eu me sentiria ao ver meu rosto replicado em todos os jornais do país? Mas essas perguntas sempre entalavam na garganta. No fundo, eu temia descobrir o que ela realmente pensava sobre tudo isso.

Era de se esperar que eu me sentisse aliviada quando a polícia decidiu encerrar o inquérito. No entanto, não foi isso o que aconteceu. Aquele segredo parecia crescer como um tumor por baixo da minha pele. Durante meses, sonhei com hordas de pessoas furiosas invadindo nossa residência, indignadas por termos mentido sobre o que acontecera naquela noite. Recebemos por algum tempo ameaças por parte da família de Tomás, ninguém parecia acreditar nas acusações de que nossa vida realmente corria perigo ao seu lado. Ver sua mãe e sua irmã aos prantos na televisão me deixou muito abalada. Até o pai de Tomás se manifestou, afirmando se sentir devastado pela tragédia.

Pensei inúmeras vezes entrar em contato com Benjamim para me desculpar por não ter aparecido na igreja, mas carregar aquele segredo me exauria. Àquela altura, Benjamim já havia descoberto sobre o homicídio de Tomás pela televisão e, como todas as outras pessoas, provavelmente acreditava que eu era uma assassina. Tantos meses se passaram que qualquer tentativa de contato pareceu sem sentido, desnecessária. Por outro lado, era reconfortante não ter notícias suas, assim eu podia imaginar que ele havia seguido em frente com o nosso plano, que a minha ausência não o desencorajara. Fantasiar que ele estava longe de todo aquele sofrimento, visitando museus ao lado da misteriosa amiga de sua mãe, acalentava um pouco a angústia que dominava os meus dias.

Irina tentou nos contatar, mas Andrea impediu qualquer possibilidade de aproximação. Ignorou suas ligações e rasgou suas cartas sem ler o que havia dentro dos envelopes. Não queria encontrar as pessoas que a conheciam, não queria retornar ao orfanato, o lugar onde o relacionamento com Tomás florescera. Não me ressentia por isso, também preferia me manter afastada de qualquer pessoa que havia me conhecido antes daquela noite. Temia que pessoas como Benjamim e Irina enxergassem a verdade estampada em meu rosto.

Pouco a pouco, nossa tragédia desapareceu das páginas dos jornais e o ambiente ao nosso redor se acalmou. Andrea conseguiu um emprego como faxineira em um shopping. Continuou consumindo grandes quantidades de álcool, o que me fazia temer pela preservação do nosso segredo. Trocávamos poucas palavras uma com a outra, passamos a viver vidas separadas dentro da mesma casa. Quando não me trancava em meu quarto, eu caminhava sem rumo pelas ruas. Desorientada, eu via pessoas, coisas e lugares passando por mim como um redemoinho de imagens desconexas. Por mais que eu tentasse agir normalmente, me sentia presa dentro de um aquário, completamente separada do mundo real. As únicas satisfações que eu encontrava eram o toque de estranhos que cruzavam o meu caminho e a sensação de ter minha pele dilacerada por lâminas afiadas. Compreendi que esse era o meu destino, e me mantive nas sombras.

25

O silêncio que se abateu sobre nossa mesa pareceu carregado de veneno. Benjamim me encarava sem saber o que dizer. Provavelmente estava arrependido por ter perguntado sobre os detalhes da noite em que Tomás morrera. A descrição de como usei o revólver claramente o assustara. Estou diante de uma assassina, ele pensava naquele momento. Algo em meu peito pareceu se romper em milhares de pedaços. Uma dor que eu nunca havia sentido antes me impedia de respirar. Descobri que não conseguiria permanecer mais um segundo dentro daquele café, não suportava o peso do olhar de Benjamim. Levantei bruscamente da mesa, murmurei qualquer coisa sobre precisar ir embora e o deixei sem olhar para trás.

Atordoada pelas revelações da noite sobre meu pai, me vi incapaz de encontrar o caminho para o meu apartamento. Movimentadas e barulhentas, as ruas pareciam estranhamente iguais umas às outras. Era como se eu estivesse dentro de um labirinto de concreto e asfalto. Se tivesse me encarado por mais alguns minutos, Gregório teria visto o rosto de Andrea desenhado em minhas feições? Ou ela era menos que uma sombra em suas lembranças? O que ele imaginava que havia acontecido com a empregada demitida por sua culpa? O que significava se arrepender depois de tantos anos? Era enlouquecedor pensar naquelas crianças sorridentes nos porta-retratos espalhados pelo apartamento de Gregório e Camila. Eu poderia ter tido aquela vida, eu poderia ter escapado de tudo o que aconteceu comigo.

Após algumas horas andando sem rumo, comecei a pensar que eu não deveria ter abandonado Benjamim no café. Não deveria ter repetido mais uma vez a mentira de Andrea. Por que não revelei o que tinha acontecido de verdade na noite em que fugiríamos? Por que eu continuava presa à versão de Andrea mesmo depois de tantos anos? Não demorei a encontrar a resposta para essas perguntas: eu não suportaria que não acreditassem em mim. Não suportaria ver Benjamim pensar que eu tentava reescrever o passado, uma saída para me livrar da culpa. Que tipo de mãe inventaria um plano como esse para escapar da prisão?

Todas as cicatrizes em meu corpo formigavam. Não pensei duas vezes antes de abordar um sujeito que vi deixar um dos muitos edifícios comerciais da região. Trajando um terno amarrotado e encardido, o homem parecia ligeiramente alcoolizado. Ao compreender a natureza das minhas intenções, não pensou duas vezes antes de me arrastar até seu carro. Dirigindo de maneira imprudente, falou sem parar sobre sua família e o emprego que o enlouquecia. Não prestei atenção ao que ele dizia, a velocidade e as luzes dos outros veículos me entorpeciam. Quando finalmente encontramos uma rua vazia, ele parou o carro bruscamente e se lançou sobre o meu corpo. Enquanto o homem movia sua língua dentro da minha boca, imaginei o carro em que estávamos batendo em uma parede. Não consegui parar de pensar na sensação de ter o corpo dilacerado pelo impacto.

Não me recordo como o restante da noite se desenrolou. Quando dei por mim, estava novamente dentro do meu apartamento, ouvindo o zumbido penetrante do silêncio.

Por vários dias, ruminei obsessivamente sobre a visita ao apartamento de Gregório. Repassei mentalmente cada palavra dita durante a breve conversa com o casal, descrevi para mim mesma as roupas que eles vestiam, revi os rostos que apareciam nas fotografias espalhadas pelos cômodos. Como atravessar os próximos dias, agora que eu sabia onde Gregório morava? Como ele reagiria se eu revelasse minha identidade? De uma maneira que era difícil de explicar, eu me via cada vez mais próxima de Andrea em seus últimos dias de vida. Uma agitação no interior do meu peito parecia se comunicar diretamente com ela, como se um vínculo que nunca existiu em vida tivesse de repente florescido. Talvez o meu destino fosse o mesmo que o dela.

Após atravessar uma madrugada inteira refletindo sobre a noite em que Andrea entrou no mar, peguei o telefone e disquei o número de Célia, pouco me importando se ela ainda estaria dormindo. Quando atendeu a ligação, a velha se mostrou muito agitada ao ouvir minha voz. Esganiçada, falou por alguns instantes sobre como os bombeiros conseguiram apagar o fogo e salvar alguns dos pertences de minha mãe. Quais as chances de a caixinha de música estar entre os objetos resgatados?

"Jogue tudo no lixo", eu disse, por fim.

"Mas..."

"Eu liguei para que você me conte mais uma vez o que aconteceu no dia em que a Andrea tentou sequestrar a Elisa."

O telefone emudeceu por alguns instantes.

"Esqueça essa história", disse a velha, temerosa. "Pensar sobre isso não vai te fazer bem. Tudo não passou de uma grande confusão..."

"Quando viram que ela puxava a menina pelo braço, Andrea disse alguma coisa? Tentou se explicar?", perguntei, afundando o aparelho no ouvido.

"Eu já te disse o que aconteceu. Sua mãe estava muito confusa, provavelmente bêbada. Ela não sabia o que estava fazendo. Eu não gosto de falar sobre essas coisas por telefone..."

"Mas ela deve ter dito algo que impediu Miranda de chamar a polícia!", eu disse, exasperada.

"Acredito que a Miranda optou por não dar queixa ao perceber como Andrea estava confusa. Ela não parava de chamar a Elisa pelo seu nome, Ana. Claramente pensava que a menina era você quando criança."

"O quê?", perguntei, engasgando com as minhas próprias palavras. "Ela chamava a Elisa pelo meu nome? Por que você não me disse isso antes?"

"Eu não disse? Devo ter me esquecido. Mas o que importa é que sua mãe não pretendia fazer mal à Elisa, ela apenas confundiu vocês duas. Andrea não parava de dizer que precisava levar a filhinha dela embora, que precisava protegê-la."

Incapaz de continuar a conversa, balbuciei algumas palavras e desliguei o aparelho. O que isso significava? Andrea pensava em mim em seus últimos dias de vida? Em seus pensamentos confundidos pelo álcool, eu ainda era uma criança? Talvez esse tenha sido o motivo que a levara até o endereço de Gregório. Procurar algum tipo de restituição pela maneira como nos abandonara. *Andrea não parava de dizer que precisava levar a filhinha dela embora, que precisava protegê-la...*

Chorei até sentir minha alma abandonar o corpo.

Depois que o deixei naquele café, Benjamim tentou entrar em contato comigo diversas vezes ao longo dos dias que se seguiram. Temendo que ele mencionasse a visita ao apartamento de Gregório, nunca atendi as ligações. Quase duas semanas mais tarde, ele me enviou uma mensagem: "Eu preciso falar com você. É sobre a Elena. Por favor, atenda as minhas ligações". Ainda receosa, concordei com seu pedido.

Com uma voz enfraquecida, Benjamim contou ter finalmente entrado em contato com os vizinhos de Elena que ainda viviam no luxuoso edifício decorado com mármore. Quem atendeu a ligação foi uma mulher idosa, que afirmou conhecer Elena desde o dia em que sua família se mudou para o edifício. Ao compreender quem Benjamim era e o que buscava, a mulher pareceu consternada do outro lado da linha. Infelizmente, disse a idosa, Elena havia falecido em decorrência de uma leucemia três anos antes. Por alguns instantes, Benjamim não soube o que responder, simplesmente não conseguia acreditar que aquilo fosse verdade. Tantos anos relendo sua carta quase todos os dias, tantos anos sonhando com um encontro, tantos anos alimentando a esperança de que ela indicaria um caminho até sua mãe. Tantos anos para terminar exatamente no mesmo lugar. Aflita com a perturbação de Benjamim, a idosa ditou o número de telefone de Emília, a filha de Elena. Quem sabe ela não poderia ajudar? Atônito, Benjamim agradeceu as informações e desligou. Ele demorou alguns dias para se recuperar do choque e reunir coragem para falar com Emília.

"Assim que eu disse quem era minha mãe, Emília me convidou para ir até o seu apartamento", disse Benjamim, infeliz. "Ela me pareceu ser uma boa pessoa."

A princípio, cogitei recusar seu convite para encontrá-lo no apartamento de Emília. Por outro lado, eu continuava me sentindo conectada a Leda. Ainda carregava sua fotografia para todos os lugares. Ainda repetia seu nome na minha cabeça.

Ao deixar a estação subterrânea do metrô, o barulho e a velocidade dos veículos que cruzavam aquela movimentada avenida me desconcertou. Tive a impressão de que o mundo e eu funcionávamos em tempos completamente distintos. O sol se escondia atrás dos edifícios naquele fim de tarde abafado. O céu exibia impressionantes tons de violeta. Avistei Benjamim parado do outro lado da avenida. Assim que me aproximei, notei a aparência cansada que ele exibia. Cabelos desalinhados, palidez acentuada, lábios ligeiramente trêmulos. A notícia do falecimento de Elena havia roubado a vitalidade que ele adquirira nas últimas semanas. Nos cumprimentamos com um gesto e caminhamos em silêncio até o edifício em que Emília morava.

Diferente do lugar em que Elena viveu durante o período em que frequentou a Escola de Artes e Ofícios, aquele prédio não possuía nada de impressionante. O saguão era banal, as paredes tinham uma coloração bege sem graça e o piso parecia já ter visto dias melhores. Quando Emília abriu a porta do seu apartamento, a primeira coisa que notamos foi a impressionante semelhança que ela tinha com Elena. Era quase como se a pessoa que aparecia naquelas fotografias em preto e branco ao lado de Leda tivesse saído do papel para nos receber.

"Você e sua mãe são muito parecidas", disse Benjamim, ligeiramente boquiaberto.

"Todos sempre dizem isso", respondeu Emília, um sorriso melancólico no rosto. "Você também é muito parecido com a Leda."

Atordoado, Benjamim não soube o que dizer. Aparentemente nunca se detivera em suas semelhanças físicas com a mãe, essa figura tão difícil de capturar.

O apartamento era amplo e arejado. Janelas grandes, teto alto, poucos móveis. Com um gesto elegante, Emília nos convidou a ocupar o sofá. Sobre a mesinha de centro havia um pequeno baú de madeira, uma pilha de revistas de decoração e um jarro com flores brancas. Ao me apresentar, Benjamim enfatizou o quanto a minha ajuda havia sido fundamental para que ele a encontrasse.

"Sempre podemos contar com os bons amigos", respondeu Emília, sorrindo gentilmente. "A Leda e a minha mãe eram esse tipo de amigas uma para a outra."

Tive vontade de cuspir em seu rosto. Você não faz ideia de quem eu sou, pensei. Continuaria me vendo como uma boa amiga se soubesse que eu havia urinado no chão do banheiro de Benjamim? Continuaria me vendo de maneira tão positiva se soubesse que eu tinha deixado um pássaro morto em frente à casa de uma vizinha para aterrorizá-la? Que eu transava com qualquer um que aparecesse na minha frente? Que o meu passado escondia segredos horríveis?

Em silêncio, Benjamim tirou do bolso a carta de Elena e entregou à mulher. Enquanto Emília lia o que sua mãe havia escrito tantos anos antes, permiti minha atenção vagar para fora da janela. As luzes da cidade me deixaram atordoada. Centenas de janelas emitindo uma iluminação inconstante. Tudo parecia ter a solidez de uma nuvem. Era inacreditável perceber que Benjamim e eu não voltaríamos ao orfanato após nos despedirmos de Emília. Que não éramos mais crianças, que o passado me perseguiria aonde quer que eu fosse.

"Elas não se viam havia quase dez anos quando minha mãe escreveu isto", disse Emília, após concluir a leitura e devolver a carta. "Minha mãe dizia que a amizade delas parecia nunca ter sido interrompida, que reencontrar Leda era como estar de volta ao ateliê de pintura onde elas se conheceram. Depois dessa primeira carta, as duas passaram a se corresponder com regularidade. Tudo o que sua mãe escreveu está aí dentro", e indicou com o olhar um pequeno baú de madeira. "Acredito que muitas das respostas que você procura estão nessas cartas."

Benjamim me lançou um olhar temeroso antes de esticar o braço e pegar o baú. Ao puxar a primeira carta, notei que ele se deteve alguns instantes na caligrafia de sua mãe, que era inclinada e bem desenhada. Felizmente Elena havia guardado a correspondência de Leda em ordem cronológica, facilitando a leitura e compreensão dos textos. De acordo com o endereço no envelope, Leda já ocupava a casa ao lado do Orfanato Retiro dos Pássaros quando escreveu aquelas linhas para sua antiga amiga. Assim que concluiu a leitura, Benjamim me entregou a primeira carta antes de pescar o segundo envelope.

Logo nas primeiras linhas, Leda enfatizava o quanto se sentia feliz por receber notícias de Elena. Aquele universo que as duas compartilharam na escola de artes parecia fazer parte de um passado longínquo. Ao longo de muitos parágrafos, em um tom confessional, Leda contou como tudo havia mudado em sua vida após a exposição realizada no Museu de Belas-Artes. Quase todas as suas pinturas foram vendidas rapidamente, o que alimentou no circuito artístico um grande interesse por seu trabalho. Durante meses, ela participou de eventos em galerias de arte e jantares com curadores e artistas. Mas, à medida que o tempo passava, a necessidade de produzir novos quadros começou a deixá-la inquieta. O que a princípio pareceu apenas uma fase de pouca produtividade e busca por inspiração se transformou em meses sem conseguir finalizar uma pintura. Detestava tudo o que começava, nunca parecia encontrar as cores ou os pincéis corretos, a abordagem se mostrava sempre equivocada. Tomada por questionamentos quanto à qualidade e relevância de seu trabalho, Leda viu o prazer pela arte da pintura desaparecer completamente de seu horizonte. Tanto tempo sem produzir novas obras fez seu nome se tornar uma promessa não cumprida.

Em suas muitas idas à loja de materiais artísticos perto de onde morava, Leda desenvolveu uma amizade cordial com o homem que trabalhava atrás do balcão. Quando ele finalmente sugeriu um encontro entre os dois, ela decidiu aceitar. Não pensar por algumas horas em pinturas, museus e galerias de arte lhe faria bem. O homem se tornou uma figura presente em sua vida, oferecendo segurança e estabilidade em um período em que tudo parecia inconstante e confuso. Aos poucos, a pintura começou a perder espaço em seu cotidiano, se tornando uma atividade que ela realizava ocasionalmente para aplacar um desejo que cada vez mais parecia fora de contexto. No dia em que ele a pediu em casamento, ela se sentiu aliviada. Não queria voltar a ficar sozinha com seus demônios. Ao final da carta, Leda afirmou que voltar a pintar era algo em que ela ainda pensava, mas naquele momento a gestação era sua maior prioridade.

Conforme as cartas se sucediam, as certezas de Leda se mostraram cada vez mais frágeis. Amava o filho recém-nascido como nunca amara nada em sua vida, mas se perguntava constantemente que outras aspirações e desejos cultivar. Era incapaz de aceitar que sua vida se restringiria apenas à rotina doméstica. Sozinha em casa, ela atravessava os dias esperando que algo se revelasse, que os objetos ou a paisagem que se descortinava em sua janela exibissem uma face oculta e fascinante. A vida de artista ainda era muito atraente, mas ela não sabia ao certo como equalizar suas próprias expectativas em um cenário tão competitivo e hostil.

Dois anos após o início daquela troca de correspondência, Leda revelou uma dúvida que parecia perturbar seus pensamentos havia muito tempo: o casamento fora uma boa ideia? Ela estava mesmo apaixonada pelo pai de Benjamim ou apenas se deixara levar em um período solitário marcado por sucessivos fracassos? Os dias pareciam empurrá-la por um caminho assustador. Por mais que tentasse, Leda não conseguia se livrar da sensação de que o homem ao seu lado era um estranho. Carta após carta, a mãe de Benjamim narrou em detalhes o processo de deterioração do casamento. Como mágoas e frustrações se somaram ao consumo excessivo de bebidas alcoólicas do marido e transformaram o ambiente em que o casal vivia em um campo de guerra. Tão difícil quanto permanecer em um casamento naufragado era a ideia de abandoná-lo. Nenhuma decisão parecia livrar Benjamim do sofrimento, e isso a aterrorizava. Diariamente Leda despertava pela manhã com uma sensação pesada sobre o peito e a mesma dúvida martelando o crânio: em que momento perdera o controle sobre sua própria vida?

Para evitar mais conflitos com o marido e desanuviar os pensamentos, Leda passou a se refugiar com Benjamim no Museu de Belas-Artes. Empurrando o filho dentro de um carrinho, ela circulava pelas galerias durante horas. As obras de arte pareciam indicar uma saída de emergência, uma maneira de escapar da mediocridade que havia contaminado sua vida. Uma de suas pinturas favoritas mostrava o interior do ateliê de um artista. Cavaletes, latas de tinta, livros, tapetes ricamente trançados, um piano, um jarro de flores. Os olhos percorriam o quadro com avidez, como se buscasse uma maneira de romper a superfície e penetrar aquele mundo. Decidiu voltar a pintar. Em suas cartas à amiga, Leda se mostrava tomada por uma vivacidade quase sobrenatural. Descreveu em detalhes seus planos. Compraria novos materiais, tornaria a estudar e visitar exposições de arte, retomaria contato com outros artistas e curadores. O mundo parecia se abrir novamente para ela.

A correspondência entre as duas amigas terminava abruptamente. A expressão no rosto de Benjamim revelava confusão, aparentemente não conseguia assimilar as palavras cheias de esperança da mãe com o seu destino trágico.

"Você sabe o que aconteceu depois desta última carta?", ele perguntou.

"Quando tudo aconteceu, eu era muito pequena, me recordo de poucas conversas entre minha mãe e a Leda", começou Emília. "Mas, durante muitos anos, minha mãe falou sobre a amiga."

A retomada do seu interesse por arte deixou o pai de Benjamim enciumado. O homem não suportava observar a mulher dedicar-se a algo que ele não era capaz de penetrar ou mesmo compreender. A convivência de Leda com outros artistas o enlouquecia, temia perdê-la para pessoas mais interessantes. Não conseguia lidar com o fato de que ela não era mais aquela figura frágil que ele conhecera anos antes, que ela não precisava mais de sua proteção. Os conflitos entre o casal se tornaram cada vez piores. No entanto, pouco depois de contar a Elena que finalmente pretendia pedir o divórcio, Leda descobriu que estava doente. O diagnóstico de câncer no ovário a deixou profundamente abalada. A confiança reconquistada nos últimos meses desapareceu como se nunca tivesse existido. Ciente de que não conseguiria atravessar esse momento sozinha, Leda decidiu ceder às vontades do marido, precisava de sua ajuda. Em menos de um ano, a doença consumiu sua vida.

Quando Emília terminou de falar, o silêncio que nos envolveu pareceu pesado, carregado de emanações sombrias. Benjamim procurou meu olhar, mas eu desviei o rosto para o outro lado. Não conseguia esconder a angústia que queimava minha pele.

"Tenho algo para você. Espere um minutinho", disse Emília, e desapareceu em um dos corredores do apartamento.

Continuei ignorando Benjamim. De alguma maneira, o espaço ao meu redor pareceu ininteligível, como se meu cérebro tivesse perdido suas funções cognitivas e não conseguisse registrar nada além de ruído e luz. Vi o pássaro morto abandonado na rua, os longos corredores do orfanato, o corpo envelhecido de Andrea sobre a mesa de metal no necrotério. Onde tudo se conectava? Quais caminhos ainda restavam para mim?

Emília retornou à sala com um pequeno quadro nas mãos.

"Tenho muito carinho por esta pintura, mas acho que ela deveria ficar com você. Se não me engano, Leda a pintou como um presente de aniversário para a minha mãe."

Estarrecido, Benjamim recebeu o presente de Emília e o encarou em silêncio. Para minha surpresa, o quadro exibia a imagem de um pequeno pássaro empoleirado em uma janela.

Como em suas outras pinturas, Leda havia empregado pinceladas delicadas para compor de maneira realista o animal e a paisagem ao fundo. As cores intencionalmente esmaeciam na tela, como se o pássaro fosse uma figura etérea. Nunca saberemos por que ela escolheu justamente esta imagem para dedicar à sua amiga. No entanto, era fácil imaginar um pássaro como aquele aparecendo na janela do ateliê em que as duas compartilharam tantos momentos felizes.

"É linda", sussurrou Benjamim, a voz embargada. "Não sei como agradecer, Emília. Muito obrigado."

Emília sorriu e afagou seu ombro. Com lágrimas, Benjamim deixou o quadro sobre a mesa de centro e pediu para usar o banheiro.

"Você poderia me trazer um copo d'água?", perguntei, após assistir a Benjamim desaparecer no corredor.

Observei atentamente Emília levantar do seu lugar no sofá e sair de novo da sala. O ar ali dentro parecia insuficiente, pesado demais para ser respirado. *Não há pássaros aqui, não há pássaros aqui...*, minha mãe havia me dito tantos anos atrás, encarando o céu escuro do lado de fora da janela. Como se meus membros pertencessem a uma outra pessoa, abri minha bolsa e retirei do interior uma caneta velha. Prendi a respiração e golpeei furiosamente a pintura de Leda. Parei apenas quando percebi que o pequeno pássaro ficara completamente despedaçado. Nem mesmo o melhor restaurador conseguiria salvar aquela pintura. Larguei a caneta no chão ao ouvir passos no piso de madeira. Com as mãos trêmulas e o sangue martelando os ouvidos, destranquei a porta do apartamento e deixei aquele lugar sem olhar para trás.

Ao sair do edifício, me senti perturbada ao notar que já era noite. Sem estrelas, o céu era um bloco negro de pedra. A maresia esbofeteou meu rosto. Não me lembrava de estar tão perto da praia. Ignorando os carros que se aproximavam com faróis agressivos, cruzei a avenida movimentada em direção à faixa de areia. Poucas pessoas se encontravam na praia àquela hora, a areia estava fria e a água, escura e muito agitada. Pensei na tarde em que Benjamim e eu atravessamos a cidade para conhecer o mar pela primeira vez. Ainda podia vê-lo segurar minha mão. Mas já não conseguia recordar a sensação do seu toque, o calor de sua pele em contato com a minha. Afastei as imagens do passado para longe. As ondas quebravam com força, e eu me sentia despedaçar diante de sua fúria.

Grafia atualizada segundo o Acordo Ortográfico da Língua Portuguesa de 1990, que entrou em vigor no Brasil em 2009.

capa
Estúdio Claraboia
preparação
Érika Nogueira Vieira
revisão
Tomoe Moroizumi
Ana Alvares

Dados Internacionais de Catalogação na Publicação (CIP)

Vidal, Victor (1991-)
Não há pássaros aqui / Victor Vidal. — 1. ed. —
São Paulo : Todavia, 2025.

ISBN 978-65-5692-874-6

1. Literatura brasileira. 2. Romance. 3. Ficção contemporânea. 4. Violência doméstica. 5. Família. I. Título.

CDD B869.3

Índice para catálogo sistemático:
1. Literatura brasileira : Romance B869.3

Bruna Heller — Bibliotecária — CRB 10/2348

todavia
Rua Fidalga, 826
05432.000 São Paulo SP
T. 55 11 3094 0500
www.todavialivros.com.br

fonte
Register*
papel
Pólen natural 80 g/m²
impressão
Geográfica

FSC
www.fsc.org
MISTO
Papel | Apoiando o manejo florestal responsável
FSC® C019498